JAQUE A LA DAMA

AGENTE ESPECIAL AINARA PONS Nº 8

RAÚL GARBANTES

amazon.com/author/raulgarbantes

goodreads.com/raulgarbantes

instagram.com/raulgarbantes

facebook.com/autorraulgarbantes

x.com/rgarbantes

Obtén una copia digital GRATIS de *Miedo en los ojos* y mantente informado sobre futuras publicaciones de Raúl Garbantes. Suscríbete en este enlace: https://raulgarbantes.com/miedogratis

ÍNDICE

PRÓLOGO

Ainara conduce la nueva camioneta azul en dirección al puente de Brooklyn. Su *rottweiler* viaja junto a ella en el asiento del acompañante. Desde que se lo regalaron, estuvo un par de meses sin ponerle nombre. Es que cada vez que pensaba en uno lo meditaba y llegaba a la conclusión de que no le quedaba. Lo otro que le sucedía es que cada tanto le decía Bob, como a su anterior bestia negra. Se sentía mal por llamarlo de ese modo, pensaba que estaba traicionando a su viejo amigo canino. Pero un día sucedió algo que cambió su forma de ver las cosas: estaba mirando la tele en su habitación cuando se encontró con una película llamada *La razón de estar contigo*. Era sobre un perro que reencarnaba y buscaba a su dueño anterior. En ese momento miró al *rottweiler*, que se encontraba a su lado en la cama, y él le devolvió la mirada.

—¿Bob? —le preguntó.

El perro ladró y movió el rabo con todas sus ganas.

Luego se le fue encima y le lamió la cara sin parar. Ainara no supo qué pensar, no creía en esas cosas. Pero desde ese momento, por las dudas, comenzó a llamarlo Bob. Desde entonces, Bob está mucho más unido a ella que antes.

Es un bonito día. El cielo estaba despejado y la temperatura era agradable. Acababa de adquirir el vehículo en el concesionario en el que un amigo de Junior le consigue los coches, por eso tuvo que ir a Brooklyn a buscarlo. Ahora volvía a Manhattan para encontrarse con su equipo, tiene algo importante que hablar con ellos.

Periódicamente, cambiaba de vehículo para que no la pudieran rastrear con facilidad. Sobre la cabeza de Ainara pesaba una orden de captura federal, por lo que siempre debía estar alerta. Gracias a Freddy Tanaka, su infiltrado en el FBI, ella sabía que la presión de la oficina para perseguirla había disminuido. Luego de lo sucedido la última vez que intentaron capturarla sin éxito, el FBI quedó en ridículo y el agente Smith fue reprendido por sus superiores. Fue un gran escándalo que involucró un motín y la fuga de una prisión, la muerte de un recluso importante y la caída de una ley de hidrocarburos que arruinó los negocios de gente muy poderosa. Por eso el agente Smith debió olvidarse de la exagente Pons y dejarla en paz. Ahora, para el FBI, era una fugitiva más, pero no una prioridad. Aun así, ella debía seguir siendo precavida. Se había vuelto a cambiar el color del cabello, ahora lo llevaba rojo. Era otra de las cosas que renovaba cada tanto para despistar a cualquiera que se la cruzara. Su rostro figuraba en todas las listas de criminales peligrosos, así que no estaba de más cambiar de aspecto cada tanto.

Con el viento que entra por la ventanilla apenas abierta, sus mechones rojos se alborotan, pero a ella no le molesta, disfruta de la sensación de libertad. Estar encerrada en aquella prisión, aunque solo fuera por unos minutos, la hizo replantearse muchas cosas. La situación más relajada en la que se encontraba ahora, sin la persecución constante del Gobierno sobre sus espaldas y con casos simples sin trascendencia política, le ha permitido ver la vida de otra manera. Había tenido muchas idas y venidas a lo largo de su historia. Ya había intentado alejarse de todo y llevar una existencia tranquila, lejos del peligro y la adrenalina constante, pero no lo consiguió, los problemas la persiguieron y debió volver a la acción. Tal vez sea el momento de mirar esa posibilidad de nuevo. Lo venía pensando desde hace unos días y era algo que plantearía esa tarde, cuando se reúna con sus compañeros del equipo. La última vez desapareció sin contarle a nadie. En esta oportunidad lo hará distinto, lo conversará con sus amigos y tomará una decisión teniendo en cuenta sus opiniones. Ya era tiempo de retirarse, así que para eso convocó la reunión de esa tarde. Quizás hoy comenzaría una nueva vida.

Bob ladra y Ainara le abre la ventanilla para que el perro saque la cabeza. Con la lengua afuera y las orejas volando, la baba del perro sale arrojada hacia atrás. Ainara espera que no dé en el parabrisas de nadie, no quiere ocasionar un accidente. Cuando entra al puente, una camioneta negra se coloca a su izquierda. Tal vez por intuición, o quizás por estar acostumbrada a revisar constantemente su entorno, mira de reojo al vehículo a su lado. Entonces ve que la ventanilla polarizada del acompañante comienza a descender. Le presta más atención y descubre que se asoma el cañón de un arma.

—¡Diablos!

Por reflejo, gira el volante para alejarse, pero no se aparta demasiado porque toca a un coche que venía por la derecha. El perro trastabilla y rueda hacia ella. Suena un disparo que hace estallar el cristal de su ventanilla. Ainara se agacha, tratando de cubrirse de las balas y los fragmentos de vidrio. Bob ladra como loco hacia el atacante, que intenta hacer blanco en Ainara. Ella acelera. Vuelve a enderezarse para ver por dónde conduce. Los perseguidores han quedado algo retrasados. Otro disparo perfora la ventanilla trasera. Ainara agarra su Magnum 45 y trata de apuntar, pero no puede. Sostiene el volante con la mano izquierda, y con la derecha, cruzando el brazo frente a ella, saca el arma por la ventanilla rota y dispara hacia atrás.

—¡Demonios! —dice enfadada—. Así no puedo.

Recibe un embiste que la hace saltar en el asiento. Vuelve a escuchar un disparo y responde el fuego sin mirar. Escrudiña a su alrededor buscando una salida, pero recién está a mitad del puente. Otro disparo termina de destruir la ventanilla trasera. Bob se pasa al asiento de atrás y ladra desesperado por el hueco que ha quedado abierto.

—Ya es suficiente —dice Ainara, resuelta—. Tranquilo, Bob, lo tengo controlado.

Clava el freno y la camioneta se sacude. El perro

golpea contra el asiento de Ainara. Los neumáticos humean mientras rechinan contra el asfalto.

—Perdón, cariño —le dice al perro, que se revuelca en el asiento trasero.

El vehículo no llega a detenerse del todo y los perseguidores la pasan de largo. Ainara vuelve a acelerar. Ahora es ella quien comienza a perseguirlos. Se pone detrás de la otra camioneta, que intenta eludirla manejando en zigzag. Ella realiza los mismos movimientos, siguiendo detrás de su objetivo. Cambia el arma a la mano izquierda y la saca por la ventanilla. Apunta y dispara. Impacta en la luneta trasera. Vuelve a disparar una, dos, tres veces, hasta que la luneta estalla. Recién logra ver que en el otro vehículo solo viajan el conductor y el acompañante, que es quien le dispara. No tiene oportunidad de verle el rostro a ninguno de los dos. El hombre ahora vuelve a abrir fuego a través del hueco que dejó la luneta. El parabrisas de Ainara recibe el impacto, se quiebra alrededor del orificio de la bala. Ella se mantiene firme y sigue apuntando con la mano izquierda. Vuelve a disparar y le acierta al conductor, que cae hacia adelante sobre el volante, y la camioneta gira bruscamente hacia la derecha. Un coche frena de golpe para esquivarla, pero la toca en la rueda derecha trasera. La camioneta entonces salta como si le hubieran hecho una zancadilla y rueda sobre sí misma, volcando. Ainara la esquiva y sigue conduciendo. Ya está a la salida del puente, así que se marcha observando lo que sucede por el espejo retrovisor. Detrás de ella hay un caos, el tránsito interrumpido, en el que se escuchan choques en cadena.

Ainara deja el arma en la guantera y saca su móvil.

Bob vuelve a ponerse a su lado. Busca en Telegram el grupo del equipo. Lo encuentra y deja un mensaje de voz.

—Estoy en camino —dice con calma como si nada hubiera pasado—. Surgió algo. Necesitaré otro vehículo. Junior, habla otra vez con tu amigo, la camioneta nueva ya no sirve.

1

BAJO ATAQUE

BÚNKER DE ANDREW, Manhattan
Martes, 5 de mayo, 11:40 a. m.

DEJO el coche en un aparcamiento y le pongo a Bob una correa para llevarlo conmigo. Debo caminar una calle por el barrio de Soho hasta el nuevo búnker de Andrew. Aún no lo conozco. Debió mudarse hace una semana de su anterior lugar porque detectó una intromisión en su seguridad. No logró identificar cómo ni quién lo había hackeado. Sin embargo, que alguien haya podido hacerlo con uno de los mejores *hackers* del país fue una señal de alerta que no se podía dejar pasar. No cualquiera tiene esa capacidad, y Andrew no cree que haya sido un *nerd* con suerte, sino alguien con muchos recursos detrás. Afortunadamente, Andrew siempre tiene un plan B y ya había previsto un sitio alternativo para instalar el centro de operaciones.

Al llegar, veo una angosta puerta de metal negra entre dos tiendas, una de ropa y otra de calzado. Me paro frente a ella y toco el timbre, un pequeño artefacto de aspecto anticuado con bocina y cámara. No parece acorde a la tecnología que maneja Andrew, me preguntó si me encuentro en la dirección apropiada. Veo a Bob oler inquieto la puerta, moviendo el rabo. Tal vez sí estoy en el lugar correcto.

Se oye un sonido eléctrico y empujo la puerta. Se abre y el sonido se detiene. Observó un largo y estrecho pasillo frente a mí, ingreso y cierro la puerta. Bob comienza a tironear de la correa hacia adelante.

—Espera, mi amor —le digo, tratando de que no me arranque el brazo; es muy fuerte.

Camino por el corredor, que es de un color verde musgo y está escasamente iluminado. De pronto se abre la puerta al fondo y veo a Andrew, sonriente.

—Bienvenida a mi nuevo nidito de amor —me dice mientras suelto a Bob, al que ya no puedo sostener. Corre hacia Andrew y le salta. Casi lo tira al suelo.

—¿Nidito de amor? —pregunto con ironía—. Deberías salir un poco más. Algo de vida social te vendría bien.

—Tengo muchísima vida social —me responde cuando el perro deja de lamerlo y desaparece detrás de él —. En las redes, por supuesto.

—¿En serio? —pregunto mientras entro al sitio. Aquí sí reconozco el estilo de Andrew, varios monitores, cajas con cables y dispositivos electrónicos que no sé para qué sirven.

—Tengo veinte perfiles distintos —me explica mientras cierra la puerta detrás de mí—. Incluso tengo dos novias y un novio.

Lo miro sorprendida.

—Es un recepcionista cincuentón en una oficina de la CIA —me aclara—. Piensa que soy una muchacha de veinte años de Virginia. Estoy esperando que en algún momento use un ordenador en el trabajo y ¡zaz! Me adueño de la central de inteligencia.

Veo en una esquina de la gran habitación dos sillones en ele con una mesa baja en el medio. Allí ya se encuentra Bob, saltando de un lado a otro con el resto del equipo.

—Hola, amiga —me saluda Kim a la vez que me toma la mano y hace que me siente junto a ella en el sillón más pequeño. Lleva un lindo vestido floreado. Hace tiempo que yo no uso vestido—. ¿Qué te ha pasado en el rostro? —me pregunta preocupada y luego mira a Andrew—. Andrew, trae el botiquín, por favor.

No sé de qué me habla, me llevo la mano a la cara y ella me detiene.

—No te toques —me indica—. Espera que te desinfecte.

Andrew llega con un botiquín. Kim toma el desinfectante y gasa. Lo aplica sobre mi mejilla. Debo tener algún corte producido por los cristales del coche. No me había dado cuenta.

—Fui atacada —explico mientras Kim continúa curando la herida—. Me emboscaron cuando entraba al puente de Brooklyn.

—¿Cómo? —pregunta Junior, inclinándose hacia adelante en el sillón, mientras se afloja la corbata. Está sentado entre Alain y Freddy. Andrew trae una silla y se sienta frente a mí.

—Lo que escuchaste —confirmo—. Una camioneta con dos hombres me atacó. Me dispararon y yo respondí el fuego. Se estrellaron casi a la salida del puente.

—¿Sabes quiénes eran? —pregunta Alain, que ya tiene a Bob encima. Tiene una conexión especial con el perro. Él fue quien me lo regaló.

—No tengo idea —contesto—. No pude verles el rostro y no me detuve a preguntarles.

—Yo averiguaré quiénes fueron —dice Freddy, que se pone de pie y saca su teléfono. Se aparta unos metros para hacer una llamada.

—¿Qué piensas, Ainara? —pregunta Alain.

—No lo sé —respondo mientras busco una respuesta posible—. Solo puedo pensar en algún tipo de venganza.

—Revisaré los últimos casos que hemos tenido —dice Kim, que ya ha terminado con la herida—. Buscaré si quedó algún cabo suelto. Alguien a quien hayamos complicado, pero que aún tenga suficiente poder como para generar esto.

—Hablé con la oficina —dice Freddy cuando regresa —. Les dije que vi un accidente en el puente de Brooklyn y quería saber de qué se trataba. En unos instantes me llamarán.

—Entraré en el sistema de monitoreo de transporte —dice Alain, que se levanta de la silla para ir a su escritorio—. Alguna cámara tiene que haber captado algo.

—¿Cómo quedó tu camioneta? —pregunta Junior. Me saco el jersey rojo antes de responderle y escucho que pequeños pedazos de vidrio caen al suelo.

—Salvo el parabrisas y los dos cristales de mi lado, que no están más —explico mirando las astillas que cayeron al suelo—, el resto creo que no sufrió ningún daño. Pero no la revisé a fondo, puede haber algún otro impacto que no haya visto.

—Si es solo eso —me dice Junior—, me encargaré de que los repongan esta misma tarde, así que a la noche podrás usarla nuevamente. Por ahora puedes llevarte mi coche si lo necesitas.

—Hasta no saber si fue algo aislado y cómo te ubicaron —dice Alain reflexionando—, tal vez no deberías volver a usar el mismo vehículo. No queremos que te identifiquen con facilidad.

Asiento con la cabeza. Las palabras de Alain tienen mucho sentido. Quien fuera que me haya atacado, me conocía y sabía dónde encontrarme. Fueron directamente a matarme, no tenían otra intención. De hecho, me salvé de milagro, el hombre sabía disparar.

—Me están enviando la información —dice Freddy—. La camioneta que ocasionó el accidente fue abandonada de inmediato. No se encontró nada dentro que indique la titularidad de sus dueños, así que no se sabe quién la conducía.

—Tal vez si tú revisas la camioneta… —le insisto a Freddy. Algo tiene que encontrar.

—Andrew —dice Freddy a la vez que manipula su móvil—. Te estoy pasando por WhatsApp la matrícula del vehículo. Tal vez averigües algo. Sí, Ainara —dice luego mirándome a mí—. Ahora mismo voy para allá.

Junior se recuesta en el sillón y veo que me observa.

—¿Qué sucede? —le pregunto.

—Hace dos días convocaste a esta reunión —responde Junior—. No había pasado nada de esto. ¿De qué querías hablarnos?

—Eso no importa ahora —respondo, sabiendo que la charla que tenía planeada ya no tiene sentido plantearla. En este momento, retirarme no es una opción. Primero debemos resolver este tema, descubrir quiénes eran esos hombres y asegurarme de que no vayan tras el resto del equipo también. Porque podría desaparecer, como ya lo he hecho en el pasado, pero si no era solo yo el objetivo y mis compañeros están corriendo el mismo peligro, de nada serviría huir—. Nuestro objetivo en este momento es descubrir al culpable y asegurarnos de que no vaya también por ustedes. Así que todos tengan mucho cuidado y manténgase alertas.

Andrew se da vuelta en la silla giratoria frente a su escritorio.

—¿Crees que el hackeo que sufrí hace unos días esté relacionado con esto? —pregunta.

—En principio, no podemos descartar nada —digo—. Debemos considerar que estamos todos bajo ataque.

2

PEÓN 8

Puente de Brooklyn, Nueva York
Martes, 5 de mayo, 1:15 p. m.

Tanaka está llegando al puente de Brooklyn. Salió de la reunión de manera apresurada para poder revisar la camioneta que abandonaron los delincuentes. Ainara le contó de la gravedad del accidente y que le había pegado un disparo al conductor. Freddy no entiende cómo pudieron dejar el vehículo y desaparecer con tanta facilidad, algún testigo debía haber.

Mientras conduce por la avenida, ve que en la mano opuesta una grúa acarrea una camioneta chocada con las mismas características que la que atacó a Ainara.

—¡Demonios! —dice Tanaka, que mira a su alrededor y no sabe qué hacer— Mierda.

Realiza una peligrosa maniobra. Cruza al lado

contrario y gira tras la camioneta. Un concierto de bocinas e insultos lo acompañan, pero a él no le importa. Debe alcanzar ese vehículo. No contaba con la eficiencia del Servicio de Tránsito de Manhattan, que había liberado el tráfico en el puente y ya había retirado la camioneta. Como siempre, la calle está abarrotada y Freddy debe hacer movimientos bastante osados para acercarse al remolque.

Cuando está por darle alcance, el vehículo gira y abandona la avenida. Tanaka no entiende por qué hace esto, ya que el depósito de vehículos que captura la Policía se encuentra derecho por la avenida. Deberían llevarlo hacia allí, no solo porque los conductores desaparecieron, sino por lo que le dijo Andrew antes de salir. Él investigó la placa y descubrió que era falsa, que pertenecía a un sedán de California que nada tenía que ver con esta camioneta. Por lo tanto, no se trataba de un accidente que podía implicar una investigación policial, sino que la placa falsa implicaba un delito federal, no había ninguna posibilidad de que se llevaran la camioneta hacia otro lado. Lo único que imagina es que aún la policía no haya descubierto lo de la placa falsa.

Por un momento duda. ¿Y si no era esta la camioneta que persiguió a Ainara? Él asumió que lo era por sus similares características, pero podría estar siguiendo al vehículo equivocado. Golpea el volante, frustrado, odia trabajar a ciegas.

—Ya es tarde para volver atrás —se dice Tanaka a sí mismo. Debe alcanzar al remolque y verificar que sea la camioneta correcta. Si no lo es, verá qué hace.

Pareciera que la grúa se dirige hacia el túnel Holland

para salir de Manhattan; debe apresurarse. Se coloca justo detrás y logra ver la placa. La compara con el número que tiene en el móvil y, sí, coinciden. Suspira aliviado. Su instinto lo había llevado en la dirección correcta. Si no hubiera visto a la camioneta de casualidad, la habría perdido, y con ella, cualquier pista que lo conduzca a los atacantes. Ahora debe detenerla y revisarla, así que en cuanto puede, se pone a la par de la grúa y le toca la bocina. El conductor lo observa desde arriba, pero vuelve a mirar hacia adelante y lo ignora. Entonces, Freddy cruza el coche y la grúa se ve forzada a detenerse de forma abrupta.

—¿Qué haces, estúpido? —grita el conductor, que se asoma por la ventanilla enfurecido—. ¡Quítate del medio!

Tanaka sale de su coche con la credencial del FBI en la mano. La extiende para enseñársela al chofer del remolque. El hombre lo ve y hace un gesto de hartazgo.

—¿Qué sucede? —pregunta el hombre sin salir de la cabina cuando Tanaka se le acerca.

—Este vehículo está implicado en una investigación federal —explica Tanaka con autoridad—. ¿A dónde lo lleva?

—Lo llevo a un taller en Nueva Jersey —responde el hombre, que le extiende a Tanaka un documento.

Freddy lee el papel. Es una orden de traslado firmada por la empresa Peón 8, con las indicaciones de dónde recoger la camioneta y dónde dejarla. Cuando por algún motivo la Policía no puede utilizar sus propios remolques, utiliza a algún contratista para que lo haga. Esta orden debería estar firmada por una autoridad policial, a no ser que el remolque también sea tercerizado, por lo que la Policía contrataría a Peón 8 y estos, a su vez, utilizarían un servicio externo. Tanaka le toma una foto con su móvil al documento y lo devuelve.

—Baja de la camioneta, por favor —dice Freddy.

—¿Por qué? —protesta el chofer—. No tengo todo el día, debo entregar esto y seguir trabajando.

—Porque te lo ordena un agente del FBI —responde Tanaka poniéndose firme—. Yo tampoco tengo todo el día, baja de esa camioneta de una vez.

El hombre bufa, molesto, y aprieta un botón. Se sueltan las prensas que atrapaban las ruedas delanteras del vehículo. Luego activa una palanca y la cadena que sostiene a la camioneta comienza a correr. El vehículo se desliza lentamente hasta apoyar las cuatro ruedas en el pavimento. Freddy, con el móvil en la mano, comienza a grabar todo lo que ve. Primero la placa, para comprobar que es la camioneta del accidente. Luego abre la puerta de la camioneta y sube. Graba las manchas de sangre en el asiento del conductor. El equipo forense debería haber tomado muestras, es imposible que los oficiales que estuvieron en la escena del accidente no las hayan visto. Pero nada de eso aparece en el informe policial que le enviaron mientras manejaba. Revisa la gaveta frente al asiento del acompañante y está vacía. Mete la mano bajo las butacas y tampoco hay nada. Mira hacia los asientos de atrás y lo único que encuentra son los restos del cristal de la luneta trasera. Observa que las llaves están puestas y que el llavero tiene forma de caballo de ajedrez. No hay mucho más para ver. No halló nada que le dé una pista de a quién pertenece el vehículo. Tampoco hay una denuncia de robo sobre el mismo, por lo cual, esta camioneta entra en una especie de nube gris en donde no hay mucho que se pueda hacer. Si no hay ningún delito denunciado, no hay nada que investigar y el caso se archiva.

Tanaka baja y va hacia atrás. Ve que en la cajuela hay un claro orificio de bala. Piensa en Ainara disparando y sonríe, no le gustaría estar nunca del lado opuesto de esa Magnum. El informe tampoco hablaba de disparos. Abre la cajuela y la encuentra vacía, no esperaba otra cosa. Entonces, hace lo único que le queda por hacer, revisar el motor. Vuelve a la cabina y activa la palanca que abre el capó. Luego camina hacia adelante. Trata de abrir el cofre, pero no puede, el frente, al igual que el techo, están abollados por el choque. Mira a un costado y ve que el chofer de la grúa ha salido del vehículo y está parado, observando todo.

—Ayúdame —le ordena.

—No me pagan para esto —responde el hombre y se cruza de brazos. Tanaka lo mira y piensa un instante.

—Tal vez deba decomisar tu remolque porque aquí hay muchas cosas irregulares —dice Freddy y se le queda mirando.

El hombre vuelve a bufar, sabe que si Tanaka se lo propone, puede complicarle mucho la vida, así que camina hasta el remolque. Agarra una barreta de hierro de la parte trasera y vuelve. La introduce en un resquicio bajo el capó y hace palanca. El cofre se abre de golpe. Freddy se arrima y mira dentro. Encuentra lo que está buscando, el número de serie del motor no ha sido borrado. También lo graba.

—Eso es todo —dice Freddy mientras saca su billetera y se acerca al hombre. Toma un billete de cien y se lo coloca en el bolsillo—. Ya puedes irte. Si no le dices nada a nadie de nuestro encuentro, no tendrás ningún problema.

3

LO SEGUIRÁN INTENTANDO

BÚNKER DE ANDREW, Manhattan
Martes, 5 de mayo, 2:05 p. m.

ANDREW RECIBIÓ las imágenes que le envió Freddy y de inmediato supo lo que debía hacer. Tomó nota del número del motor y comenzó a investigar. Primero entró al sistema federal de registro automotor y, una vez allí, puso a correr una aplicación desarrollada por él mismo para buscar coincidencias con el número. La habilidad de Andrew para vulnerar cualquier sistema hace que ninguno de sus compañeros se sorprenda ante sus hazañas digitales. Pareciera que entrar en cualquier sistema fuese algo de lo más normal.

No demoró mucho en encontrar los datos que buscaba. El vehículo fue vendido cero kilómetros por un concesionario muy importante en Queens, hace seis meses, a una empresa de seguridad llamada T&T

con sede en el distrito financiero de Manhattan. Luego fue vendida, hace apenas diez días, a un particular llamado Albert Jones. Cuando Andrew intenta encontrar a esta persona, las cosas se empiezan a complicar. Al ser un nombre muy común, debe buscarlo por su número de documento o licencia de conducir. El problema es que Andrew descubre lo mismo que descubrió con la camioneta: la licencia es falsa. Ese número pertenece a un tal Roger Martínez de Miami, que tampoco nada tiene que ver con el incidente.

—Hola, Ainara —saluda Andrew por teléfono. La ha llamado para contarle las novedades—. Ya tenemos los datos de la camioneta.

—¿Qué averiguaste? —pregunta Ainara. Ella se encuentra en su piso. Decidió volver allí a cambiarse y darse una ducha, porque aún tenía astillas de vidrio entre la ropa.

—Freddy consiguió el número del motor —explica Andrew— y resulta que la camioneta fue vendida hace diez días a alguien que no existe. Así que no hay mucho que podamos hacer.

—¿Quién la vendió? —pregunta Ainara, que no acepta la última frase de Andrew acerca de que no hay mucho por hacer.

—Una empresa de seguridad llamada T&T —responde Andrew.

—Y esta empresa, ¿cuándo adquirió la camioneta? —insiste Ainara con sus preguntas. Sabe que es la única pista que tienen y necesita encontrar algo.

—T&T la compró hace seis meses —contesta

Andrew sin ni siquiera revisar sus apuntes, es tan poco lo que encontró que recuerda todos los datos.

—Solo seis meses —reflexiona Ainara y hace un silencio—. Es muy poco tiempo para que una empresa de seguridad renueve sus vehículos y, además, que lo hayan vendido tan poco tiempo antes del ataque me suena a querer lavarse las manos por si algo salía mal.

—Afortunadamente, salió mal —agrega Andrew sonriendo y luego cambia de tema—. Freddy está siguiendo a la grúa para ver a dónde llevan a la camioneta, porque parece que hay algo raro allí.

—Bueno —concluye Ainara—, investiga lo que puedas sobre esa empresa, podrían ser quienes están detrás de esto. Tal vez tengan relación con alguno de los casos del pasado. Que Kim lo investigue. Mantenme al tanto de todo lo que encuentres.

Kim se halla en su piso. Abre la caja de seguridad y saca de allí un portátil. Se sienta en su escritorio, lo enciende y comienza a revisar los archivos de los casos pasados. Ella es quien se encarga de llevar un registro de todas las actividades del grupo. Allí guarda los nombres e informes de cada uno de los implicados en las actividades que han investigado. Es por eso que le pidió a Andrew un sistema de seguridad informática que sea inaccesible. Andrew le dio un portátil con una aplicación que la protege con tres contraseñas distintas. Este dispositivo tiene además inhabilitados todos los sistemas de conexión, es imposible conectarlo a la red o a cualquier sistema inalámbrico. Solo puede sacarse información a través de *pendrives* con clave, previamente habilitados.

Comienza por el último caso. Una infidelidad que, gracias a la intervención del equipo, terminó en un divorcio con un acuerdo de dinero millonario.

—A este hombre le hicimos perder mucho dinero —se dice a sí misma—. Pero no sería capaz de matar ni a una mosca.

Se fija si tiene alguna relación con la empresa T&T, Andrew ya le pasó esa información, como se lo pidió Ainara. No hay ninguna relación.

—Descartado.

Luego revisa el caso anterior, una estafa entre empresas que terminó con varias personas en la cárcel.

—Si bien son todos empresarios sin relación con crímenes violentos, alguno de ellos podría ser peligroso —sigue hablando sola—. Debo averiguar si alguno tiene contactos con el bajo mundo o ha participado en algo de este estilo. Esto llevará tiempo.

Tampoco halla ninguna conexión con T&T. Deberá investigar también a esa empresa y ver quiénes son sus dueños, tal vez alguno de ellos aparezca en sus registros, ese podría ser el nexo.

Pasa por arriba un par de trabajos más que le resultan intrascendentes y llega a uno que en un sorteo se llevaría todos los números. Es el relacionado con el Anillo, la fuga de la cárcel y la corrupción en el Congreso.

—En este sí que estamos tratando con gente muy peligrosa —murmura Kim sin sacar la vista de la pantalla—, son capaces de intentar matar a Ainara y a todos, si así lo decidieran.

Kim respira profundo. Cuando se enteró de lo que le pasó a Ainara, lo primero en que pensó fue en el Anillo. Ella cree que sus compañeros deben haber pensado en lo mismo, pero ninguno se atrevió a decirlo. Tal vez porque todos desean que no se trate de eso, que sea solo el impulso de algún loco vengativo. Saben que, de tratarse del Anillo, los problemas apenas estarían comenzando. No son gente que haga las cosas de manera improvisada, siempre tienen un plan. Tampoco son personas que se rindan con facilidad o dejen las cosas a medias, si decidieron acabar con Ainara, lo seguirán intentando.

4

MAL HERIDO

Nueva Jersey, Nueva York
Martes, 5 de mayo, 2:10 p. m.

TANAKA CONDUCE su coche detrás del remolque. Lo dejó alejarse lo suficiente para no ser visto, pero marcha detrás de él para ver a dónde lo conduce. Hace unos minutos llamó a la oficina para denunciar que la camioneta del accidente en el puente de Brooklyn tenía placas falsas y, como delito federal que era, pedía autorización para revisarla. Para esto era necesario saber su paradero. Su intención era forzar al FBI a que descubra las irregularidades en el traslado del vehículo y saber de esta manera quién estaba detrás de este encubrimiento. Porque, a estas alturas, sobre eso no tenía dudas: querían hacer desaparecer esa camioneta. Por eso pidió también el informe completo de la Policía, para saber si en algún lado decían algo sobre las manchas de sangre y por qué no se investigaron. Ya le había mandado la grabación de la camioneta a Andrew, para que verifique el número del motor y descubra quién era el dueño. Así como también le envió la foto del documento, autorizando el traslado, para ver qué clase de empresa era la que se hizo cargo. La respuesta de Andrew sobre la empresa T&T no le sirvió de mucho, no sabe nada de ella. Ahora solo quiere ver a dónde llevan la camioneta, tal vez por allí encuentre alguna respuesta.

Tanaka observa que la grúa se detiene frente a un portón. Él sigue conduciendo hasta la esquina. Gira y estaciona. Baja del coche y camina hasta ubicarse detrás de un árbol, desde donde puede ver el lugar. El portón se abre y el vehículo ingresa. Tanaka sale de su escondite y camina, acercándose para tratar de ver mejor. El portón sigue abierto, así que, a medida que se aproxima, alcanza a ver que la grúa está bajando la camioneta. Pasa caminando por la puerta y, como al descuido, echa un vistazo a lo que hay dentro. Es un taller. Camina unos pasos más y se ubica en un lugar que le permite ver lo que pasa dentro. Hay tres hombres vestidos como mecánicos que comienzan a revisar la camioneta. Uno de ellos le firma unos papeles al chofer de la grúa. Este vuelve a subirse al vehículo y sale del lugar. Recién entonces el portón empieza a cerrarse. Freddy refuerza su idea del encubrimiento. En el exterior del taller no hay ningún cartel que indique lo que hacen ahí dentro. Tiene toda la apariencia de un taller clandestino. Está seguro de que desguazarán la camioneta. El desarme de vehículos para venta de autopartes es un delito común que se realiza en talleres ilegales como este. Sin embargo, Freddy no cree que ese sea el caso. Aquí no les interesa vender las partes, sino que las quieren desaparecer. Si desea obtener una prueba, debe hacer algo rápido. No tiene la autoridad suficiente para intervenir y no puede arriesgarse a hacerlo de manera ilegal. Hace entonces lo único que se le ocurre, llama a su jefe.

—Hola, jefe —dice Freddy por teléfono—. Estoy en una situación extraña. Hoy presencié un accidente en el puente de Brooklyn y, cuando quise averiguar qué sucedió, me encontré con cosas bastante irregulares.

—¿De qué se trata, Tanaka? —pregunta el agente Smith.

—En principio, encontré que la camioneta que ocasionó el accidente tenía placas falsas —explica Freddy buscando las palabras correctas para que su relato sea creíble y, además, convencerlo de la necesidad de intervenir.

—Debió ser una camioneta robada, Tanaka —responde el jefe Smith sin interés en el tema—. Eso no tiene nada que ver con nosotros.

—Las placas falsas son un delito federal, jefe —insiste Tanaka—, pero ese es solo el comienzo. El informe policial dice que no se encontraron ocupantes en el vehículo, así que decidí ir a revisarlo por mí mismo, pero al llegar ya lo estaban remolcando.

—Ve al grano, Tanaka —le pide Smith—. No tengo todo el día y hasta ahora no entiendo por qué me molestas con esto.

—La cuestión es que quise revisar la camioneta en el depósito de la Policía —continúa explicando—. Seguí a la grúa y a simple vista pude ver que la camioneta tenía impactos de bala. Tal vez el accidente fue por un tiroteo, no entiendo cómo eso no apareció en el informe policial preliminar.

—Continúa —dice Smith, que comienza a interesarse. A él no le gustan los policías corruptos, a eso se debió su obsesión por perseguir a Ainara.

—Esto se complica aún más —prosigue Freddy, viendo que Smith mordió el anzuelo—, porque, mientras seguía al remolque, vi que se desviaba. No solo la camioneta nunca llegó al depósito policial, sino que terminó en un taller clandestino en Nueva Jersey. Estoy fuera del lugar y creo que la desarmarán para que no queden rastros de ella.

—¿Estás en Nueva Jersey? —pregunta Smith, sorprendido.

—Sí, jefe —responde Tanaka—. Me temo que si no hacemos algo rápido, esto quedará en la nada, y todo me huele a corrupción. Mi instinto me dice que hay algo grande detrás de esto.

Freddy se queda esperando una respuesta que tarda en llegar. Smith está dudando. No sabe si hacer algo o no. No tiene ninguna evidencia sólida, pero le ha picado la curiosidad.

—Okey, Tanaka —dice Smith molesto—, tú ganas. Te enviaré una patrulla policial como soporte para que entres y averigües qué está pasando. Sin embargo, todo es tu responsabilidad, si resulta ser una pérdida de tiempo y quedamos en ridículo, serás tú quien asuma las consecuencias.

—La asumo, jefe —contesta Freddy. Entiende que Smith no quiere exponerse más—. No se va a arrepentir.

Tarda diez minutos en aparecer un patrullero, que se detiene frente al lugar, y Freddy va a su encuentro. Nadie ha salido ni entrado en el sitio y el portón permanece cerrado. Se presenta a los oficiales y les cuenta sus intenciones, revisar la camioneta antes de que la hagan desaparecer, no debería surgir ningún inconveniente. Van juntos hasta el portón. Tanaka golpea la persiana metálica y espera con las manos en la cintura. Nadie responde.

—Es el FBI —dice Freddy mientras vuelve a golpear el portón—. Abran.

Siguen sin responder. Freddy aproxima el oído y no escucha nada. Mira a los oficiales que lo acompañan. Uno de ellos se alza de hombros, el otro se acerca y también golpea el portón a unos metros de Tanaka.

—Es la policía —dice el oficial—, respondan, por favor, o deberemos forzar la entrada.

En ese momento, se escucha una ráfaga de tiros que estallan contra la persiana metálica en estruendos consecutivos. El oficial que acababa de golpear se sacude y la sangre comienza a brotar de su cuerpo. Freddy y el otro policía, instintivamente, se agachan y sacan sus armas. Tanaka abre fuego a ciegas contra el portón mientras el policía se acerca a su compañero, herido en el suelo. Otra ráfaga de disparos silba sobre sus cabezas a la vez que los orificios en el portón aumentan cada vez más. Freddy vuelve a disparar, adivinando a dónde, y el policía arrastra al oficial caído fuera de la línea de fuego. Freddy mira al hombre herido, que parece haber recibido un solo impacto. Entonces se escucha el ruido de un motor, un vehículo potente acaba de arrancar. Freddy mira el portón y luego a los policías. Guarda rápido el arma en la cintura y va a ayudar a los oficiales. Entre los dos arrastran al oficial caído, y cuando casi lo apartan de la persiana metálica hacia un costado, en una explosión vuela el portón, que golpea tanto a Freddy como a los policías, haciéndolos volar en el aire. Una camioneta cuatro por cuatro es la que ha tirado abajo el portón en una embestida salvaje. Sale a toda velocidad del lugar. Tanaka se recupera, se pone de pie y, alzando su arma, carga a los tiros contra la camioneta que se aleja. Pronto deja de disparar porque ya no tiene sentido hacerlo, está fuera de su alcance.

Mira dentro del edificio y ve la camioneta del accidente a medio desarmar. Ya le habían quitado las ruedas y el capó. Escucha al policía pidiendo ayuda por el radio. Vuelve a guardar su arma y se acerca a los oficiales. El policía parece mal herido, espera que los paramédicos lleguen a tiempo para salvarlo. Ahora le toca hacer su parte, debe contarle lo sucedido a Smith. Sin embargo, ya recuperó la camioneta y ahora podrán investigar en serio. Ataque armado a policías y a un agente del FBI son delitos que merecen ser investigados.

5

ESTO RECIÉN EMPIEZA

QUEENS, Nueva York
Martes, 5 de mayo, 11:30 p. m.

EN LA OSCURIDAD de la habitación, doy vueltas en mi cama tratando de conciliar el sueño. Ya hace seis meses que estoy viviendo en Queens y comienzo a acostumbrarme al piso. Hoy fue un día extraño. Estoy habituada a lidiar con el peligro, y en mi vida esto ha sido siempre una constante. Sin embargo, lo de hoy me tomó por sorpresa. Normalmente, cuando estoy trabajando en alguno de los casos, siempre ocurren enfrentamientos en los que cualquier cosa puede suceder. Un golpe mal recibido o un disparo que no pueda eludir, y mi vida terminaría en un instante, es algo para lo que estoy preparada, son las reglas del juego. Pero el atentado de esta mañana salió de la nada, fue algo inesperado. Si bien no es la primera vez que me sucede algo así, esta vez siento que es diferente. No llego a identificar por qué tengo esa sensación, pero luego de lo que sucedió con Freddy por la tarde, estoy cada vez más segura de que hay algo grande detrás. Por lo que me contó, Freddy se salvó de milagro, solo quedó con algunas magulladuras. Espero resolver esto antes de que alguien salga herido en serio.

No cualquiera puede hacer desaparecer un vehículo en custodia de la Policía. Y eso es precisamente lo que hubiera pasado sin la intervención de Freddy. Su instinto dejó en evidencia que hay un poder oculto detrás de los atacantes, con muchos recursos e influencias. No puedo evitar que mi mente señale a un solo culpable con la capacidad de hacer algo así: el Anillo. Quise eludir esa conclusión, no sé si por hartazgo o por simple negación. Es que el Anillo viene complicando mi vida desde hace años. Otra vez pienso en la posibilidad de renunciar, de abandonar esta pelea desigual contra una organización con recursos ilimitados. De hecho, eso era lo que iba a plantearle al equipo, ya que la idea de retirarme estaba relacionada con esto, con la imposibilidad de sostener un enfrentamiento contra este cáncer que resulta imposible de extirpar. Hemos ganado muchas batallas, eso es cierto, pero aun así el Anillo siempre vuelve con nuevas fuerzas a entrometerse en mi vida. A veces siento la tentación de tomar un trago y olvidarme de todo, pero no puedo caer en eso. Me costó años, esfuerzo y mucho dolor salir de la trampa del alcohol. Siento que estoy en un punto en el que, si no realizo un cambio importante, volveré a ceder, y no creo tener las fuerzas suficientes para superar a la bebida de nuevo.

—Ya déjenme en paz.

Bob me mira desde los pies de la cama al escuchar mi voz, que fue más en tono de súplica que de protesta. Espero que Andrew y Freddy puedan seguir el rastro de la camioneta hasta su origen. Incluso si analizan la sangre del vehículo, tal vez puedan identificar al conductor.

Bob de repente alza la cabeza y mira hacia la puerta. Veo como sus orejas se mueven, tratando de oír algo imperceptible para mí. Se pone de pie sobre la cama con todo su cuerpo en tensión y emite un ladrido grave. Luego gruñe, mostrando los dientes a la puerta, que permanece cerrada. Algo está pasando al otro lado. De inmediato, busco mi arma, que mantengo siempre sobre la mesa de noche cuando me acuesto a dormir. Bob se acerca más al borde de la cama. La baba, como espuma, cae de su boca mientras asoman sus dientes de manera intimidatoria. Sus colmillos se ven en la oscuridad con un brillo especial.

—Tranquilo, chico —le digo mientras salgo de la cama y camino hasta colocarme detrás de la puerta. Intento escuchar lo que oye Bob, pero no lo logro. Sin embargo, sé que si él escucha algo, es porque algo está sucediendo allí en la sala.

La puerta se abre de golpe de manera estruendosa y Bob salta sobre quien estaba intentando ingresar, que cae hacia atrás. Suenan disparos. Veo fogonazos que impactan en la cama. Yo comienzo a disparar sin pausa, atravesando la puerta, que me oculta del atacante. Escucho los ladridos de Bob y escucho un cuerpo caer. Alguien empuja la puerta contra mí y siento que una mano me aferra la muñeca y me lleva el brazo con el arma hacia arriba. Sigo disparando de todos modos y los tiros van a dar al techo. El hombre ya entró en la habitación y se abalanza sobre mí. Alcanzo a distinguir que lleva un arma en la mano que tiene libre, pero no llega a apuntarme a la cabeza porque la freno con mi mano izquierda. Un disparo resuena cerca de mi oído y el ruido me ensordece. Le doy un rodillazo, que le hace aflojar la mano que me aferra, y logro darle un culatazo con mi arma en la cabeza. El hombre se echa hacia atrás y le disparo a quemarropa en la frente. A esta distancia, sus sesos vuelan desparramados hacia atrás. Otra persona entra y le asesto un tiro en el pecho que lo hace recular. Debe tener un chaleco antibalas porque no termina de caer. Entonces le apunto a la cabeza y esta vez cae ante mis balas como si le hubiera dado un martillazo en la cara. Todo se pone negro y un dolor terrible en el rostro me voltea. Alguien me ha dado una patada en la quijada. Pierdo el arma y me doy cuenta de que estoy en el suelo. Advierto el resplandor de un metal que se mueve frente a mí. Es una daga que me apunta y que veo venir sin que me dé posibilidad de reacción. Entonces, la daga se desvía y escucho gruñidos. Veo un bulto negro que tironea del brazo del atacante. Sigo algo mareada, pero en mi torpeza tanteo algo duro a mi lado. Es una silla. La agarro como puedo y me pongo de pie. La giro por el aire hasta darle en la cabeza al hombre, que sigue peleando con mi perro. El maleante se tambalea y Bob, que no suelta su muñeca, lo arrastra hacia sí inclinándolo para abajo. Entonces le pateo la cabeza, devolviéndole la gentileza. Veo que ya no opone resistencia. La daga, que continuaba en su mano, comienza a deslizarse por sus dedos. Mis reflejos han vuelto y llego a tomar la daga antes de que toque el suelo. En un solo movimiento, el filo del metal atraviesa el cuello del hombre, que cae de rodillas. Luego, a instancias de Bob, que sigue tirando de él, cae al suelo por completo. Miro entonces hacia la sala para ver si viene alguien más. Solo veo a un hombre en el suelo, inmóvil. En la penumbra no entiendo bien qué le ha pasado, pero pareciera tener el cuello desgarrado. Vuelvo a mirar a Bob, que no suelta el brazo del hombre, inerte frente a mí.

—Ya está, chico —le digo, pero sigue tironeando hasta que desgarra esa muñeca y le arranca la mano. Sacude la cabeza con su trofeo entre los dientes y me acerco—. Está bien, Bob, ya es suficiente.

El perro recién entonces parece salir de su mundo y me mira sin soltar la mano muerta. Le acaricio la cabeza y me enderezo. Veo a mi alrededor y no hay más movimientos. Dos hombres que derribé a disparos aquí en la habitación, otro en la sala, del que se encargó Bob, y este último, a quien acabamos entre los dos. Me acerco y les miro la cara, pero no reconozco a ninguno. Reviso sus bolsillos, pero no tienen nada. Voy a agarrar sus armas para llevármelas conmigo, pero decido dejarlas para que la policía vea que fue en defensa propia. A estas alturas no creo que importe, porque siempre me culpan a mí de todo, pero no está de más tener pruebas sobre las que argumentar.

Esta vez fueron cuatro los que vinieron a matarme. Evidentemente, no puedo acostumbrarme a ningún lugar, debo abandonar el piso de inmediato. Esto recién empieza.

6

EL CACHORRO CRECIÓ BASTANTE

*OFICINA DEL **FBI**, Manhattan*
Miércoles, 6 de mayo, 9:30 a. m.

FREDDY SE ENCUENTRA en la oficina del agente Smith. Sentados, escritorio de por medio, el agente Smith revisa su ordenador.

—Bueno, Tanaka —dice al fin Smith, volviendo a mirar a Freddy—. Parece que esta vez te topaste con algo grande.

Freddy lo escucha, pero no dice nada, no sabe con qué le saldrá su jefe.

—No sé de qué se trata esto —continúa Smith—, pero es muy raro. En principio, parecería estar todo en regla. La empresa Peón 8 es un laboratorio externo que tiene un contrato con la Policía para hacer peritajes que no son prioritarios. En este caso, se haría cargo de investigar la camioneta secuestrada en el accidente.

Hasta aquí, todo bien. Sin embargo, ellos dicen que la camioneta fue llevada al lugar equivocado por orden de la Policía, mientras que esta dice que en ningún momento intervino y que es la empresa la que decide dónde llevar la evidencia. Es decir, ambos se han lavado las manos. Esto originó una investigación interna en la Policía para averiguar quién dio la orden. Yo creo que esa investigación no llegará a nada, pero no intervendremos y organizaremos nuestra propia investigación. Para mí, hay una corrupción muy grande detrás de esto. El ataque que sufriste no fue algo ordinario. La policía ya ha especulado con un ataque de pandilleros, pero tampoco me lo creo. Son demasiadas irregularidades. Pedí las grabaciones del accidente en el puente de Brooklyn y, casualmente, el sistema se había caído en ese momento, por lo cual no hay registro de lo sucedido... Di algo, Tanaka.

—No hay nada que decir, jefe —responde Freddy—. Estoy totalmente de acuerdo con usted. La camioneta abandonada tenía sangre en el tapizado y en el informe oficial no aparece nada al respecto. Parece un gran encubrimiento, pero la pregunta es encubriendo qué.

—Eso es lo que tenemos que descubrir —prosigue Smith—, solo que debemos hacerlo sigilosamente. Nos estaremos metiendo con otra fuerza y no podemos actuar sin tener evidencia firme.

Freddy va a decir algo, pero suena el teléfono. El agente Smith atiende y, a medida que escucha lo que le dicen, sus ojos se van abriendo cada vez más y lo mira a Freddy. Smith cuelga el teléfono y se pone de pie.

—Vamos, Tanaka —dice Smith mientras camina

hacia la puerta—. Hubo un tiroteo en un piso en Queens que dejó cuatro muertos.

—¿Tiene que ver con la camioneta, jefe? —pregunta Freddy mientras también se levanta y lo sigue.

—No —contesta Smith mientras se pone la chaqueta —, es otra cosa. Encontraron el piso lleno de huellas de tu vieja amiga, la señorita Pons.

PISO DE AINARA, Queens
Miércoles, 6 de mayo, 10:25 a. m.

EN EL TRAYECTO hasta el piso de Ainara, Freddy le escribió por WhatsApp para preguntarle si estaba bien. Pero no recibió respuesta. Preguntó entonces en el grupo del equipo y nadie sabía nada. Andrew y Kim dijeron que la buscarían. Debió hacer estas consultas de manera disimulada, ya que viajó en el coche de Smith y, por supuesto, tenía que hacer como si no supiera nada. Lo cual, en cierto sentido, era verdad. No sabía nada de lo que le había pasado a Ainara y aprovecharía esta oportunidad para averiguarlo. Lo único que había advertido era que la mirada de su jefe había cambiado. Tenía el mismo brillo que tiempo atrás, cuando estaba dedicado a perseguir a su amiga. Freddy espera que no vuelva a lo mismo.

Al llegar, suben a la segunda planta, donde se encuentra el piso, muestran sus placas y atraviesan el vallado policial. Apenas cruzan la puerta, pueden ver un cuerpo en la sala cubierto con una tela blanca. Atento a lo sucedido con la camioneta, el agente Smith no confiaba en la policía, así que llamó para avisar que dejaran todo como estaba porque iba en camino. No es que creyera que una cosa tuviera que ver con la otra, pero, por las dudas, era mejor tomar precauciones.

Los policías les abren el paso y el detective a cargo se presenta, quiere saber por qué les interesa el caso.

—Me sorprendió que vinieran —dice el detective—. No sabemos qué pasó aquí. ¿Podrían darnos algún dato al respecto? Supongo que si vinieron a ver es porque algo saben.

El agente Smith lo mira y está tentado a decirle que se meta en sus asuntos, pero se contiene. Tal vez pueda obtener alguna colaboración por parte de la policía y prefiere mantener una relación cordial mientras los investiga en el otro caso.

—Encontraron en este piso huellas de Ainara Pons —explica el agente Smith—. Una delincuente muy peligrosa que viene eludiéndonos desde hace mucho tiempo.

Freddy escucha las palabras de Smith y no puede evitar menear la cabeza al escuchar que llaman delincuente a su amiga. Se agacha junto al cadáver y corre la tela. Ve el cuerpo con el cuello desgarrado y la ropa destrozada. De inmediato, piensa en Bob.

—¿Qué demonios es eso? —pregunta Smith al ver la herida mortal en el cuerpo inerte.

El detective está a punto de responder, pero Freddy se le adelanta.

—Un perro —responde como si estuviera utilizando habilidades de deducción—. Un perro grande.

El hombre está vestido de negro. Hay una pistola

con silenciador a su lado. Freddy piensa que debe tratarse de sicarios, un delincuente común no utiliza ese tipo de arma. Debe haber algún contrato sobre Ainara. Dos intentos de asesinato en el mismo día no dejan lugar a dudas. Alguien quiere asegurarse de que esté muerta y está dispuesto a gastar el dinero que sea necesario. Ayer por la mañana fueron dos hombres quienes intentaron matarla, ahora hay cuatro muertos. Freddy se yergue y camina hasta los siguientes cadáveres, que se encuentran casi apilados en la entrada de la habitación. Smith y el detective lo siguen. Freddy especula con que Ainara se debe haber atrincherado en su cuarto y defendido desde allí. Se acerca a los siguientes cadáveres, busca alguna señal de que Ainara esté bien. Su no respuesta a los mensajes puede significar cualquier cosa, desde que esté herida a que la hayan secuestrado. Los otros tres cuerpos, que también deben destapar para verlos, son claramente el resultado de las acciones de Ainara. Dos fueron eliminados a disparos y un tercero fue acuchillado. Las armas están desparramadas por el suelo y no hay señales de Ainara. De habérsela llevado, hubieran matado al perro y dejado su cuerpo aquí. Si Bob no está muerto, es porque él y Ainara lograron escapar.

—Hay que esperar a balística —dice Smith—, pero apostaría a que este desastre lo hizo una Magnum 45.

—Parecen sicarios —agrega Freddy, señalando el arma con silenciador mientras el detective escucha la conversación—. Creo que intentaron matar a Ainara y no les salió bien.

—Donde va esta mujer, sucede una catástrofe —dice

39

Smith a la vez que se acerca a uno de los cuerpos—. Hay mucha gente que no la quiere, casi siento pena por ella.

Freddy mira a su jefe, sorprendido. Es la primera vez que ve en él algún gesto cercano a la simpatía hacia Ainara.

—Creo que Ainara Pons tiene enemigos más peligrosos que nosotros —dice Freddy.

El agente Smith ve la mano arrancada y mordisqueada en el suelo.

—Creo que el cachorro de la señorita Pons creció bastante —dice—, se ha vuelto tan salvaje como ella.

7

YO SOLA NO PUEDO

QUEENS, Nueva York
  Miércoles, 6 de mayo, 10:30 a. m.

ANOCHE, luego del ataque, cuando revisé los cuerpos, esperaba encontrar alguna pista que señalara a quien había dado la orden de matarme. No encontré nada, eso me dijo que se trataba de profesionales. Los asesinos a sueldo nunca llevan nada que los pueda identificar cuando realizan sus trabajos. Me queda claro que alguien está muy decidido a acabar conmigo y está invirtiendo bastante dinero en ello. Hasta ahora he corrido con suerte, pero si esto sigue, tarde o temprano, la suerte se me acabará. Debo contraatacar.

Lo único que había en el bolsillo de uno de ellos eran las llaves de un vehículo, cuyo llavero tenía la forma de un caballo de metal. En ese momento, pensé que un vehículo distinto me podía servir. No tenía idea de cómo me habían encontrado, así que cambiar otra vez de coche podría ser una buena idea. Necesito estar un paso delante de ellos si quiero seguir con vida.

Junté mi ropa en un bolso grande. La realidad es que ese bolso está siempre medio listo. Salir rápido es una posibilidad que se puede concretar en cualquier momento, así que estoy siempre preparada. Con el bolso al hombro y la correa de Bob en una mano, abandoné el piso y salí a la calle. Activé el control de apertura del vehículo y una camioneta negra encendió sus luces. Fui hasta ella, era igual a la que me había perseguido por la mañana. La abrí y subí con el perro. Una vez dentro, la encendí y permanecí con las manos al volante sin moverme. ¿A dónde ir? Podía dirigirme a la casa de cualquiera de los miembros del equipo, pero dadas las circunstancias, estaría llevando un séquito de asesinos hacia ellos. Debía hacer algo distinto. Busqué en el móvil el motel más cercano. Encontré uno cerca del aeropuerto y hacia allí me dirigí. Tomé una habitación a nombre de Rebeca Williams, la última identidad falsa que me había creado Andrew. Y una vez en el cuarto, apagué el móvil. Dormí profundamente.

Al despertar esta mañana, cuando Bob comenzó a lamerme la cara para que lo sacara a hacer sus necesidades, reflexioné sobre cuáles serían mis siguientes pasos. Decidí que seguiría sin comunicarme con mis compañeros. Por el momento, consideré que era mejor que nadie sepa nada de mí. No sé cómo me encontraron, ni si han intervenido los teléfonos de mis amigos.

Lo primero que hago luego de sacar al perro es subir con él a la camioneta para buscar un lugar donde comer.

Tenemos los dos hambre. Reviso el vehículo, pues con el apuro de la huida de anoche no lo había hecho. Encuentro en la guantera una credencial.

—Bingo.

Es de un tal Jonathan Graham. Reconozco el rostro de la foto, es el hombre que entró primero en mi habitación. Se trata de una tarjeta magnética de ingreso a un banco.

—Banco Las Dos Torres. No lo conozco.

Bob me mira un momento y luego vuelve a mirar hacia adelante. Está acostumbrado a escucharme hablar sola.

Busco en internet para ver dónde queda este banco. Está en el distrito financiero de Manhattan, pero no es un banco común que atiende al público. Es una entidad financiera que trabaja solo con empresas, otorga créditos y maneja inversiones en el exterior.

—¿Qué hacía un asesino trabajando para un banco?

Lo primero que debo hacer es echarle un vistazo al lugar, así que arranco el coche.

—Bob, vamos de paseo.

El tráfico en Manhattan es terrible, como siempre, así que cuando me acerco a varias cuadras del sitio, me meto en el primer *parking* que encuentro. Bajo del coche con la hamburguesa en la mano, ya está fría, pero la como igual. La compré de camino mientras venía. La de Bob le duró apenas unos segundos. Él me mira salir y se para sobre el asiento para venir conmigo.

—Esta vez no, Bob —le digo—. Quédate echado y en silencio hasta que vuelva. ¡Echado!

Me hace caso y cierro la puerta. Es un buen perro.

Camino por Wall Street. Me mezclo entre la gente, así que no tengo miedo de que alguien me reconozca. Como nadie me espera, podré acercarme lo suficiente y ver de qué se trata sin ser detectada. Veré si puedo ingresar al banco.

Tengo el lugar a la vista. Es un edificio de oficinas con una entrada vidriada. El cartel anuncia Banco Las Dos Torres. Hago una primera pasada por la puerta, hay gente entrando y saliendo. Veo en el vestíbulo los molinetes que permiten el ingreso a los ascensores y la escalera. A un costado está el escritorio de recepción con un hombre y una mujer atendiendo. Hay un guardia en un escritorio más pequeño, en un rincón, y no alcanzo a ver mucho más.

Me alejo hasta la esquina y espero unos instantes antes de volver. Doy vuelta y regreso. Podría entrar fácilmente. La credencial me permitiría el ingreso por los molinetes y, una vez dentro, no creo que sea muy difícil moverme por el edificio. Así que entraré. Arrojo los restos de hamburguesa en un cesto en la calle y camino decidida. Saco la credencial que llevo en el bolsillo y la sostengo, lista para pasarla por el lector con rapidez. Llego hasta el edificio. A través del vidrio vuelvo a echar una última revisión antes de entrar. Veo como una mujer pasa su credencial por el lector, debo hacer el mismo movimiento. Entonces, miro al guardia del escritorio. Desde este ángulo, puedo ver algo que en mi pasada anterior no había visto. El guardia tiene un monitor en frente de él que logro ver con claridad. En la pantalla aparece la foto de una mujer con sus datos. Es la misma que está atravesando el molinete. El guardia verifica la identidad de las personas que van entrando. Mi credencial es de un hombre, en cuanto la pase, notarán que soy una impostora. Debo abortar. Vuelvo a guardar la tarjeta en el bolsillo y paso la puerta de largo.

—Cambio de planes —susurro mientras me alejo.

Tal vez uno de los muchachos pueda hacerlo sin ser descubierto. Junior es bastante parecido al asesino. Con un cambio de peinado y unos lentes oscuros, lo logrará. Es momento de que contacte a mi gente. Yo sola no puedo.

8

ESTO NO ES CASUAL

BÚNKER DE ANDREW, Manhattan
Miércoles, 6 de mayo, 11:10 a. m.

—HOLA, Andrew.

La voz de Ainara al otro lado del teléfono toma por sorpresa al *hacker*. Hace más de una hora que todo el equipo la está buscando. Desde que Freddy avisó del tiroteo en su piso, se movilizaron para encontrarla. No solo la llamaron y escribieron a todas las direcciones posibles, sino que Alain y Junior fueron a ver en persona dos sitios que tienen como punto de encuentro para emergencias.

—Hola, Ainara —la saluda Andrew preocupado, pero contento de escucharla—. ¿Cómo estás? ¿Dónde te encuentras? Supimos del tiroteo y te estábamos buscando. ¿Qué te pasó?

—Estoy bien, pero... ¿Cómo se enteraron de eso? —

pregunta Ainara, que no esperaba que estuvieran al tanto de lo que había pasado. Jamás se le ocurrió que pudieran enterarse. Cuando se fue al hotel, pensó que no ganaba nada con contarles del ataque a esa hora. De haberlo sabido, les hubiera avisado antes que se encontraba bien para evitarles una preocupación innecesaria. Además, no volvió a encender el teléfono, temía que la estuvieran rastreando por ese medio. Fue por eso que compró un móvil barato, para comunicarse sin riesgos con el único teléfono que recuerda de memoria, el de Andrew.

—El agente Smith —responde Andrew a modo de título para su explicación—. Cuando la policía halló tus huellas en el piso, lanzó una alerta que llegó de inmediato al FBI. Imagina lo que hizo el agente Smith, salió disparado hacia tu casa. Freddy lo acompañó, así que estuvo allí y vio los cadáveres que dejaste. Me dijo que fue una carnicería. Al no encontrar tampoco a Bob, descartamos que te hubieran secuestrado y supusimos que habías escapado con él. Pero al no recibir ninguna comunicación tuya, creímos que podrías estar herida.

—Solo recibí un golpe feo en la cara, pero nada más. —Lo intenta tranquilizar Ainara—. Así que estoy con dolor de cabeza. Con Bob nos encargamos de la situación. Si vuelve a pasar algo así, les avisaré de inmediato.

—¿Ahora dónde te encuentras? —vuelve a preguntar Andrew, que necesita datos para confirmar que se halla bien—. ¿Tienes idea de lo que está pasando?

—Pasé la noche en un motel —explica Ainara sin dar más detalles—. Aún no sé por qué me persiguen. Por eso apagué el teléfono y estoy usando otro vehículo.

—¿Sabes quiénes eran? —insiste Andrew con sus preguntas.

—No pude identificar a mis agresores —le responde Ainara—, pero por la forma en que me atacaron, queda claro que eran sicarios. Además, tenían una credencial del Banco Las Dos Torres. Luego te enviaré la credencial, que está a nombre de Jonathan Graham, para que averigües lo que puedas de él.

—Perfecto —responde Andrew mientras toma nota del nombre en una libreta que tiene sobre el escritorio.

—Hoy fui hasta ese banco y estuve a punto de ingresar —prosigue Ainara—, pero me di cuenta de que me descubrirían en cuanto lo hiciera. Necesitaré que Junior lo haga por mí. Sería bueno ver qué sucede allí dentro y cuál es su relación con los ataques. ¿Ustedes descubrieron algo?

—Nada nuevo por el momento —dice Andrew, avergonzado por no haber encontrado ningún otro dato—, las cámaras del puente de Brooklyn tuvieron un error de sistema cuando te atacaron, así que no hay nada grabado.

—Qué oportuno —acota Ainara con ironía. Piensa que hubo una mano negra y que estaba todo preparado. No podían saber en qué momento pasaría por el puente, así que debían tener a alguien infiltrado en el sistema de monitoreo, esperando una señal para bajar la palanca en el instante preciso.

—Supongo —prosigue Andrew, pensando en lo mismo que Ainara— que tiene que haberlo hecho alguien con acceso a muchos lugares estratégicos. Pero lo positivo es que, al menos, tú tampoco quedaste registrada. Por lo que eso también nos ayudó, creo. —Ainara no agrega nada, así que Andrew continúa—. Veré si encuentro quién o desde dónde intervinieron esas cámaras. Luego de eso, lo único que me queda por hacer es investigar este banco. Tal vez, si Junior logra entrar, me pueda ayudar desde adentro.

—Yo lo llamaré a Junior —prosigue Ainara, adelantándose a su amigo para no cargarlo con más tareas. Además, ella no tiene otra cosa que hacer por el momento— y me encontraré con él para darle la credencial de ingreso. Estoy cansada de huir de un asesino invisible, de aquí en más seremos nosotros los cazadores de fantasmas y serán ellos los que deban huir.

—Ya les has demostrado lo que puedes hacer —dice Junior sonriendo, cuatro cadáveres es una buena demostración—. No se imaginan de lo que eres capaz si te enojas.

—Me estoy enojando, Andrew —confirma Ainara, cuyo temperamento la empuja más a atacar que a huir —. Así que dale a Junior lo que necesites rápido para que podamos avanzar. Quiero saber quiénes son.

—Perfecto —contesta Andrew, que se levanta de la silla frente a su escritorio en la que estuvo sentado todo el tiempo y camina hasta una estantería llena de dispositivos electrónicos—, ya me pongo con eso.

—¿Sabes si Kim descubrió algo? —pregunta Ainara, que busca alguna nueva perspectiva.

—Hablé con ella hace unos minutos —responde Andrew mientras sigue revisando sus aparatos—. No encontró nada, pero sigue buscando.

Andrew y Ainara se despiden y el *hacker* pone de inmediato manos a la obra. Investiga sobre el Banco Las Dos Torres. Básicamente, encuentra lo mismo que Ainara, es un banco para empresas y no para personas particulares. Pero avanza un poco más y encuentra que quien tiene las acciones mayoritarias es un fondo de inversiones llamado «Alfil Negro». Al leer este nombre, recuerda algo que vio mientras investigaba la empresa de seguridad que había comprado la camioneta del primer ataque, T&T. Vuelve a revisar los datos sobre T&T y ve que también pertenece al mismo fondo de inversión: Alfil Negro.

—Esto es importante —se dice Andrew a sí mismo, encontró un nexo entre las dos empresas y cree que puede encontrar algo por ahí. Así que sigue buscando y ve que este Alfil Negro tiene parte de muchísimas empresas en muchos rubros, pero no aparece ningún nombre propio, solo empresas dueñas de empresas. Deduce de inmediato que se trata de lavado de dinero. Es la estrategia típica, sociedades que le pasan activos a otras sociedades, pero nunca aparece nadie responsable.

Se le ocurre entonces que si Junior realiza una incursión en el banco, habría que aprovecharlo para investigar esta conexión. Andrew preparará un dispositivo que tomó del estante para hackear el banco desde adentro.

Sin embargo, siente que hay algo que se le escapa.

—Son tres empresas relacionadas —dice para sí mismo mientras apoya el dispositivo en el escritorio y vuelve a mirar el ordenador—. ¿Solo tres?

Vuelve a repasar todo lo sucedido en apenas veinti-cuatro horas.

—¿Son en realidad tres empresas? —se pregunta mientras entra de nuevo en internet— ¿O tal vez sean cuatro?

Da *enter* en el teclado y en la pantalla aparece una lista de sociedades en la que Alfil Negro tiene sus inver-siones. Justo a mitad de la lista aparece la cuarta empresa: «Peón 8». El laboratorio contratista de la Policía que quería hacer desaparecer la camioneta.

—Esto no es casual.

9

FALSAS ESPERANZAS

Oficinas del FBI, Manhattan
Miércoles, 6 de mayo, 11:30 a. m.

Las oficinas del FBI tienen muchos cubículos, en uno de los cuales tiene su escritorio Freddy. Los despachos son para los jefes.

—¡Tanaka!

El grito del agente Smith resuena en la oficina y Freddy se endereza en el asiento de su escritorio. Mira hacia atrás y ve al jefe de pie en el umbral de la puerta de su despacho. Este le hace una seña para que vaya y se queda esperándolo. Freddy se pone de pie y camina hasta Smith, pasa junto a él, entra al despacho y Smith cierra la puerta detrás de ellos. Claramente, el humor del jefe no es bueno y Freddy no sabe qué habrá pasado ahora.

—Dime a qué estás jugando, Tanaka —dice el agente

Smith, que se aproxima a Freddy, y se detiene justo delante de él para enfrentarlo.

—No entiendo, jefe —dice Freddy desconcertado. Lo ataca sin explicarle el porqué, así que no sabe cómo responderle.

—Me acaba de llegar el informe de balística —dice Smith sacudiendo su móvil frente a la cara de Freddy. Demasiado cerca del rostro para su gusto—. Como dijiste, la camioneta del accidente había sido tiroteada. Adivina de qué arma salieron las dos balas que encontraron en la carrocería.

Freddy comprende a qué se refiere su jefe. El enojo se debe a qué se ha dado cuenta de que le está ocultando información. Tiene que dar una explicación satisfactoria para no ponerse en evidencia, necesita justificar sus acciones, pero no puede hacerse el tonto porque su jefe lo notará. Así que se la juega:

—Las balas salieron de la misma Magnum 45 que mató a los cuatro hombres en el piso de Ainara Pons —dice Freddy, bajando la cabeza como si lo hubieran pillado en falta. Debe admitir que Ainara está involucrada e inventar una historia que justifique cómo lo sabía y por qué no dijo nada.

—¿Cómo demonios lo supiste? —lo increpa Smith clavándole el dedo en el pecho. Si lo hubiera hecho cualquier otro, Freddy le hubiera quebrado el dedo, pero en este caso debe soportar y seguir pensando en su respuesta —. ¿Cuál es tu relación con Ainara? ¡Habla ahora!

Freddy piensa que este es el momento para hacerse el tonto y pone cara de no entender. Debe convencerlo de que está equivocado, a pesar de estar en lo cierto, y encontrar una explicación coherente que lo demuestre.

—¿Perdón? —pregunta como si no hubiera escuchado bien, gana tiempo mientras hila los detalles de su respuesta—. ¿De qué relación habla?

—No te hagas el estúpido, Tanaka —le dice Smith, que se está enfureciendo, y se acerca más a él—. ¿Ella te pidió que investigues? Ningún agente del FBI se pone a investigar un accidente callejero porque sí. Ya sabías que había sido ella. ¿Qué pretendías, borrar sus huellas? ¿Desde cuándo trabajas para ella, traidor?

—Wow, wow, wow —dice Freddy levantando las manos y dando un paso atrás, como si recién ahora hubiera comprendido de qué se lo acusaba. Es momento de contraatacar y refutar su acusación—. ¿Qué le pasa, jefe? ¿Se ha vuelto loco? Para ser honesto, creo que cualquier cosa relacionada con Ainara Pons lo saca de sus casillas. Voy a asumir que está paranoico y que no escuché nada de lo que dijo. Si deja de pensar tonterías y me escucha, le explico.

—Habla —dice Smith con furia en los ojos. Aún sigue pensando que Tanaka lo engaña, pero la fuerza con que se plantó Freddy lo hace dudar y quiere escuchar lo que tiene que decir. Freddy, mientras tanto, ya armó una excusa que sea creíble. Desde el momento en que su jefe le pidió que adivinara de quién eran las balas, sabía que su actividad como doble agente podía quedar expuesta. Es por eso que de su contestación dependía su futuro en el FBI.

—Esta mañana estaba yendo a investigar el caso

Redfield —comienza a explicar Freddy, que ha encontrado una buena coartada—. ¿Lo recuerda?

—Sí, claro —responde Smith tratando de entender qué tiene que ver ese caso con Ainara—. El camión con armas encontrado en Brooklyn la semana pasada.

—Exacto —confirma Freddy. Por fortuna, en su agenda tiene varios casos simultáneos por todo Nueva York, solo debió recurrir a uno que implicara a Brooklyn —. Iba a verificar una pista en Brooklyn y, cuando estaba por entrar al puente, escuché un choque. Vi frente a mí, a unos cien metros, una camioneta rodar por los aires. Clavé los frenos, como todos los que venían a mi alrededor, y quedé atascado en el embotellamiento que provocó el accidente. Salí del coche para ver de qué se trataba y vi una camioneta azul que venía por la mano opuesta. Me llamó la atención porque tenía el parabrisas fragmentado. Supuse que había estado involucrada en el choque y se había salvado de milagro. Así que la miré con detenimiento. Imagínese mi sorpresa cuando vi a una mujer al volante que se parecía mucho a Ainara Pons. Volví al coche e hice lo que pude para salir del atasco y cruzar al otro lado. Recibí muchos insultos en el proceso, pero cuando lo logré, ya no tenía a la vista a la camioneta, por lo que comencé a acelerar para alcanzarla. Supuse que un vehículo como ese, con el cristal roto, sería fácil de encontrar, pero no tuve suerte. Estuve media hora dando vueltas por la zona, tenía esperanzas de localizarla, pero no pude hacerlo. Si bien la mujer podía ser Ainara, no estaba seguro y no quería lanzar una alerta que terminara en fiasco. Fue entonces que llamé a Marcus, de la sección de enlace con la policía, para que averiguara lo que pudiera del accidente. Volví para el puente y nuevamente me enfrenté al embotellamiento. Dejé el coche y fui caminando. En ese momento, vi que retiraban la camioneta volcada y volví corriendo al coche. Esta vez no lo dejaría escapar. Era más fácil seguir a la grúa, por supuesto, así que pronto lo alcancé. Cuando me di cuenta de que iba para Nueva Jersey, comencé a oler algo raro. Lo demás ya lo sabe.

Smith se le queda mirando y Freddy no sabe si le creyó o no. Espera que le diga algo.

—¿Por qué no dijiste nada de Pons? —pregunta Smith sin hacer ningún gesto descifrable. El relato de Freddy le parece razonable, pero aún hay detalles que no le cierran.

—¿Usted qué cree, jefe? —responde Freddy como si se tratara de algo obvio. Es el momento de confundirlo y pasarle la responsabilidad a Smith. Si logra hacerlo sentir culpable, lo tendrá en el bolsillo—. Mire cómo se pone cuando se habla de esa mujer. ¿Cómo le iba a decir que vi a alguien que se parecía a ella pasar por la calle y que no pude alcanzarla? No queremos pasar más papelones, y perseguir un fantasma nos puede hacer volver a quedar muy mal.

Freddy hace una pausa para que su jefe reciba el golpe y luego continúa.

—Preferí callarme e investigar por mi cuenta —prosigue Freddy ya más tranquilo, comprende que ha pasado lo peor—. Si hubiera tenido algo más firme que una mujer que vi apenas un segundo tras un volante, le hubiera dado toda la información para poder trabajar sobre seguro.

—¿Y cuándo me lo ibas a decir? —pregunta Smith y Freddy lo nota más calmado, está seguro de que se tragó el cuento.

—Nunca —contesta Freddy, descolocando a su jefe otra vez—, quería evitar pasar por esto. O, en todo caso, cuando pasara algo que confirmara mi suposición de que era Ainara. El informe de balística es «ese algo» que estaba esperando, ahora podemos avanzar.

—Si esto es como dices —habla Smith apartando la mirada de su subalterno y caminando hasta sentarse en su escritorio—, Ainara Pons está detrás de todo. Ella persiguió a la otra camioneta, mató a sus ocupantes y luego quiso hacer desaparecer la evidencia en aquel taller clandestino de Nueva Jersey.

—Es una posibilidad —contesta Freddy, que no quiere llevarle la contra. Acaba de salir de una situación complicada y no quiere volver a pasar por lo mismo. Pero la obsesión de Smith con Ainara hace que entienda todo al revés—. Sin embargo, me parece raro que si quisiera matar a alguien, lo hiciera en uno de los lugares más concurridos de Nueva York, y que encima falle. Ya vimos lo que hizo anoche con esos cuatro hombres. El encargado del edificio nos confirmó que una mujer con las características de Ainara se había mudado a ese piso hacía seis meses, por lo que la teoría original de que esos hombres fueron a matarla y fallaron se confirma. Nadie invita a cuatro asesinos a su casa para matarlos ahí. Lo más probable es que ayer en la mañana haya sucedido lo mismo, intentaron matarla y ella les ganó por la mano. Además, ¿cómo podría ella hacer que envíen a la grúa a otro lado? Todo sucedió muy rápido, hay gente poderosa detrás de esto tratando de matarla. ¿Alguna vez la vio disparándole a sangre fría a algún agente del FBI?

—Hasta ahora, no —responde Smith, reflexionando en lo que le dice Tanaka.

—Yo tampoco, jefe —dice Freddy, satisfecho con la respuesta—. Los que intentaron matarme ayer con una ametralladora no creo que tuvieran que ver con ella. Supongo que los que quisieron cubrir el incidente son los que la quisieron matar y no ella.

Smith apoya los codos en el escritorio y se lleva las manos a la cara. Luego suspira.

—Lo siento, Tanaka —dice Smith, que hace un terrible esfuerzo para pronunciar esas palabras—. Pero no vuelvas a ocultarme nada, actuaste demasiado sospechoso.

—Lo siento, jefe —responde Freddy, dándole un poco de crédito a su jefe—. No quise darle falsas esperanzas.

NO SÉ CUÁNTO TIEMPO TENGO

WALL STREET, Manhattan
  Miércoles, 6 de mayo, 1:20 p. m.

JUNIOR LLEGA a la puerta del Banco Las Dos Torres y entra, como si lo hiciera todos los días. Hasta hace dos minutos, estuvo reunido con Ainara y ella le explicó lo que debía hacer. Le dio la credencial y unos lentes negros que acababa de comprar para él. Hoy sería Jonathan Graham y entraría a su trabajo en el banco como lo haría cualquier persona.

—Entra con la cabeza gacha y no mires al hombre de seguridad que se encuentra en el escritorio pequeño —le explicó Ainara—. Si no dejas que te vea bien el rostro, no habrá ningún problema. Camina directo a la escalera para evitar esperar el elevador o cruzarte con alguien.

Junior hace exactamente lo que se le dijo. Entra al

edificio cabizbajo, camina hasta el molinete y apoya la credencial en el lector. La luz verde le anuncia que puede pasar. Atraviesa el molinete y avanza hacia la escalera. Al guardia de seguridad lo mira solo de reojo. Ve que el hombre estira el cuello para verlo mejor, pero luego se vuelve a acomodar en su puesto y sigue con otra cosa. Sucedió tal cual le había anticipado Ainara.

—Bien —murmura Junior en voz muy baja—, ya pasé.

Les está hablando a Ainara y a Andrew, que lo escuchan por un micrófono. Él lleva un auricular. La idea es estar conectados todo el tiempo, tanto para que Junior reciba instrucciones como para avisar sobre cualquier cosa que descubra.

—En el primer piso, sal de la escalera y mira alrededor —le indica Andrew por el auricular—. Busca algún ordenador al que puedas acceder.

Junior obedece. Sale de la escalera, abre la puerta y aparece en una gran sala donde hay mostradores, escritorios y asientos con gente hablando.

—Hay demasiada gente aquí —dice Junior, dándose cuenta de que no será tan fácil cumplir con su objetivo, al menos en esta parte del banco—. Iré al siguiente piso.

En lugar de volver a la escalera, va hacia el elevador. No quiere hacer nada sospechoso. Salir de la escalera, mirar y volver hacia atrás, puede llamar la atención. Así que se detiene frente al elevador, aprieta el botón para llamarlo y espera al que viene subiendo. La puerta se abre y Junior entra. Hay un par de personas dentro. Apenas ingresa, advierte que una de ellas es un guardia de seguridad. No lo mira a la cara, pero observa su vestimenta, ve que tiene un logo en la chaqueta, dice T&T. Otra vez esa empresa. No tiene dudas de que T&T está involucrada en los ataques a Ainara hasta el cuello.

Sale del elevador en el segundo piso y lo primero que hace es avisar.

—La seguridad del lugar es de T&T.

Luego camina por un pasillo con muchas puertas. Todas tienen un vidrio esmerilado que deja ver algo de lo que sucede al otro lado. No hay nadie a la vista en el corredor. Va hasta la primera puerta y ve que hay movimiento dentro. Pasa de largo y va a la siguiente, por el vidrio no se ve a nadie, así que la abre. De inmediato, ve a dos personas en un escritorio a un costado que giran para mirarlo.

—Disculpen —dice Junior y cierra rápido, tratando de ocultar su rostro. Se dirige después a la próxima puerta. Espera encontrar una oficina sin gente en dónde poder hacer lo que vino a hacer.

Repite la misma acción porque no ve movimiento. Esta vez encuentra a un hombre sentado frente a un ordenador.

—Perdón —se disculpa otra vez y sigue con su recorrido. Tiene que haber alguna oficina vacía.

La siguiente puerta se abre antes de que él llegue y sale de ahí una mujer muy atractiva con ropa de ejecutiva. Junior le sonríe como si la conociera y sigue caminando. La mujer le responde de la misma manera, es una empresa grande, no es extraño que se olvide de algún rostro, así que no percibe nada raro en Junior. Cierra la puerta con llave y se marcha. Junior advierte al final del corredor un cartel de baños y allá se dirige. Mira hacia atrás y ve que la mujer espera el elevador, así que sigue caminando. Cuando está por entrar al baño, ve que el elevador se abre y la mujer ingresa en él. Junior vuelve rápido a la oficina de la que salió la mujer. Como la vio cerrarla con llave, está seguro de que no ha quedado nadie adentro. Saca unas ganzúas y las inserta en la cerradura. No es su especialidad abrir puertas, pero con el tiempo se ha visto forzado a aprender. El cerrojo cede con rapidez y logra entrar. Como esperaba, no hay nadie con quién volver a disculparse. Cierra la puerta tras de sí.

—¿Cómo vas? —Escucha en el auricular que lleva en el oído izquierdo la voz de Ainara.

—Todo bien —responde Junior, satisfecho, mientras estudia el lugar—. En busca de un ordenador. Ahí está.

Lo encuentra sobre uno de los dos escritorios vacíos. Va hacia allí, es un portátil con la pantalla oscura, toca el *trackpad* y no pasa nada. Está apagada. Andrew le había dicho lo que debía hacer en esta situación. Saca de su bolsillo un dispositivo parecido a un *pendrive*, pero bastante más grande, y lo conecta. El dispositivo tiene una tecla, la presiona y se enciende una luz blanca. Todo marcha según lo planeado.

—Ya veo el dispositivo —le avisa Andrew desde su búnker. El dispositivo se ha conectado y Andrew ya tiene el control de él. Si todo sale bien en instantes también controlará el ordenador.

Recién entonces Junior aprieta el botón de encendido del ordenador. La máquina arranca y en el falso *pendrive* se enciende una luz roja junto a la blanca. Cuando llega el momento de ingresar la contraseña, la luz roja del dispositivo comienza a parpadear y en el espacio para poner la contraseña aparece un punto. La luz sigue parpadeando y aparece un segundo punto, faltan dos más para completar la clave. La luz roja continúa con su parpadeo, pero no aparecen más puntos.

—Vamos —dice Junior como si de esa manera pudiera apresurar el proceso—, apúrate.

—Calma —le dice Andrew al escucharlo. Está convencido de la eficiencia de su tecnología—, el aparato hará su trabajo.

El tercer punto aparece, ya queda poco. La luz roja se apaga y se enciende una verde. Aparece el cuarto punto y en el ordenador se muestra al fin el escritorio.

—Ya entramos —dice Andrew, que recibe la señal del falso *pendrive* a la distancia. Ahora que el aparato ya desbloqueó el ordenador, le toca a Andrew hacer su magia.

—Hazlo rápido, amigo —dice Junior, que ve pasar una sombra al otro lado de la puerta. Espera que la mujer que vio salir se haya ido a su casa, así tendrá el resto del día para obtener la información que necesitan.

—Como imaginaba —dice Andrew—, estos ordenadores no tienen acceso a internet, para evitar hackeos. Están conectados por cable a una red cerrada. Debes esperar con mi dispositivo activado para que pueda sacar la información.

—No sé cuánto tiempo tengo —dice Junior, que comienza a pensar que la mujer tal vez solo salió a almorzar—, hazlo rápido.

—Ya va, ya va —contesta Andrew.

Junior escucha la voz de una persona en el pasillo. Es la mujer, está justo afuera y pone la mano en el picaporte.

Abre apenas la puerta y se queda allí parada, hablando. La voz del hombre con el que dialoga se escucha casi como un rumor lejano.

—Sí, claro, Marcus —dice ella mirando a alguien en el corredor. Junior ve su sombra tras el vidrio y piensa que ni siquiera a almorzar se fue. Debe haber salido a fumar—. ¿Realmente te crees gracioso, verdad?

La mujer sacude la cabeza y entra. Se queda inmóvil mirando hacia su escritorio.

11

NUNCA ME ABANDONARÍAS

WALL STREET, Manhattan
  Miércoles, 6 de mayo, 1:30 p. m.

LA MUJER COMIENZA A CAMINAR hacia su escritorio. Se acerca y agarra el cable de Ethernet, que está colgando. Ha desaparecido su portátil. Alguien se lo llevó.

—¿Qué demonios?

Busca en la cartera sus gafas, las agarra y se las pone. Mira a su alrededor como si esperara ver el portátil caído en el suelo. Pero no ve nada. Es definitivo, alguien se la llevó.

—La puerta —dice, acercando su mano a la boca cuando empieza a recordar cómo dejó las cosas—, yo la cerré con llave.

Comienza a pensar que le robaron. Es increíble, dentro del banco, quién se arriesgaría por un portátil ordinario. Va a agarrar el teléfono para llamar a seguridad, pero se detiene, algo le viene a la cabeza.

—Marcus —dice con el ceño fruncido y mira la pared que da a la oficina de al lado—, sus bromas pesadas ya me tienen harta.

Camina decidida hacia la puerta y sale dejándola abierta. No se preocupa en cerrarla porque ya no tiene sentido. Ni cerrando con llave está a salvo de las bromas de su compañero. Pero esto ha sido demasiado, elevará una queja al jefe del sector.

De abajo del otro escritorio, que se encontraba frente al de la mujer y totalmente limpio, como si nadie trabajará allí, sale Junior con el portátil bajo el brazo.

—¿Qué pasa, Junior? —le pregunta Andrew por segunda vez a través del auricular. La vez anterior no había recibido respuesta—. Estoy dentro del ordenador, pero perdí la conexión a la intranet. Dime qué pasa.

—Ahora no puedo —responde Junior en voz baja mientras va hacia la puerta y se asoma—, espera.

Ve que la mujer entra empujando la puerta de la oficina de al lado, una a la que él no había intentado entrar todavía. Es ahora o nunca.

—Devuélveme el portátil, Marcus —dice la mujer notoriamente molesta.

—¿De qué me hablas? —Se escucha la voz del tal Marcus.

Junior sale corriendo sin mirar atrás y va hacia las escaleras. Tiene toda la intención de huir, pero se detiene. Si lo hace, su incursión en el banco no habría tenido ningún sentido. Debe encontrar otra terminal. Mira escaleras abajo y recuerda que allí no hay nada, solo mucha gente, debe ir hacia arriba. Es necesario correr el riesgo si quiere que todo esto valga la pena. Sube un piso y halla un corredor con oficinas, muy similar al de abajo. Nuevamente empieza a mirar por los cristales, adivinando si hay alguien dentro de cada oficina. Ve una que tiene la luz apagada. No le quedan muchas opciones, así que va hacia allá. De nuevo utiliza sus ganzúas para abrirla. Entra rápido sin tomar ningún recaudo y ve, en la penumbra, tres escritorios. Saca el móvil para utilizar la linterna. Al alumbrarlos, descubre que ninguno tiene ordenadores, pero uno de ellos tiene el cable de red para conectarla. Se acerca a ese escritorio y revisa los cajones. Hay uno de tamaño normal y uno más grande. Ambos están vacíos. Se da cuenta entonces que hay algo raro en el cielorraso. Lo alumbra con la linterna del móvil y ve que está roto: el lugar está en reparaciones.

—Perfecto —dice.

—¿Perfecto qué? —pregunta Andrew por el auricular.

Junior no le responde, tiene que prestar atención a lo que está haciendo. Ve que el cable que sale por un orificio en el escritorio entra en él por debajo y pasa por detrás de los cajones. Se agacha, tira del cable que pasa por detrás del cajón grande y lo extrae por ahí para que la terminal quede dentro del cajón. Introduce allí, de costado, el portátil con el dispositivo de Andrew, el que con las justas entra. Lo conecta al cable.

—¿Qué tal ahora? —pregunta Junior, esperando la respuesta de su compañero.

—Ahora sí —dice Andrew de inmediato—. Vuelvo a estar dentro.

—Me alegro —responde Junior mientras cierra el cajón y se endereza—. Despídete de tu dispositivo porque él se queda y yo me voy. Me han descubierto, tengo que salir de aquí.

—¿Estás bien? —pregunta Ainara, que hasta ahora solo venía escuchando sin intervenir.

—Sí —contesta Junior mientras camina hacia la puerta, su vista se ha acostumbrado a la penumbra y lo hace sin problema—, pero me deben estar buscando, veré cómo hago para salir.

Junior abre un poco la puerta para ver lo que sucede en el pasillo. Afortunadamente, no hay nadie. Sale, cierra la puerta de la oficina y vuelve a utilizar las ganzúas para que quede como estaba antes, como si nadie hubiera pasado por allí. Va hacia las escaleras, también están vacías. Comienza a bajar. Cuando pasa por el segundo piso, escucha una conversación.

—¿No sé le ocurre quién pudo llevarse el portátil? —se escucha a un hombre preguntar, probablemente alguien de seguridad.

—No tengo idea —responde la mujer, que se oye perpleja—. Al principio, pensé que era una broma de un compañero, pero cuando comprobé que no, los llamé a ustedes.

—¿Vio a alguien desconocido? —sigue indagando el hombre de seguridad.

—Sí vi a alguien, cuando salía y cerraba la puerta con llave, me crucé a un hombre que no conocía. Vestía traje gris y usaba lentes negros, me sonrió y fue hacia el baño.

Junior no escucha más porque no es necesario, esa

era la señal de que debía huir cuanto antes. Prosigue con el descenso. Cuando pasa por el primer piso y continúa hacia la planta baja, escucha que la puerta que acaba de pasar se abre.

—Revisen las escaleras. —Se oye la voz con estática de un *handy*—. Busquen a un hombre con lentes negros y traje gris.

Junior mira hacia arriba y ve que dos guardias se encuentran escuchando las instrucciones del intercomunicador. Los dos guardias también lo ven y se lanzan tras él.

—¡Deténgase! —le gritan, pero Junior apura el paso y sigue bajando como si no los hubiera escuchado.

—Ainara —dice por su micrófono al llegar a la planta baja mientras no deja de correr—, creo que no lo lograré.

En la planta baja, empuja la puerta que da al vestíbulo y sale. Mira alrededor y ve que el guardia del escritorio y otro más lo descubren, vienen ya hacia él. Mira el molinete de la salida y no sabe si lo alcanzará antes de que lo atrapen. De todos modos, corre como loco hacia allí. Los guardias llegan primero y se le interponen. Junior mira hacia atrás y ve que los otros dos salen por la puerta y también corren a su posición.

—Estoy perdido —dice frustrado mientras empieza a pensar en la historia que inventará. Es momento de rendirse.

—No lo estás —escucha decir a Ainara por el auricular—. ¡No dejes de correr!

Junior no entiende qué sentido tiene, pero hace caso y corre directo hacia los guardias que tiene enfrente. Si no pasa un milagro, caerá en sus manos. Entonces, se escucha un estruendo, dos. Los cristales del vestíbulo estallan y las astillas vuelan en todas direcciones. Los guardias se lanzan al suelo para evitar la lluvia de vidrios al escuchar un tercer y un cuarto disparo. Junior pasa por encima de ellos, cubriéndose el rostro con el brazo para resguardarse de los cristales y salta el molinete. Otro disparo más y Junior la ve a Ainara afuera, sosteniendo su Magnum. Cruza a través del ventanal ya sin vidrios. Al llegar a Ainara, ella le sonríe y los dos corren hacia la esquina.

—¿No creías que te iba a dejar ahí dentro, verdad? —le pregunta Ainara mientras corre junto a él.

—Sé que nunca me abandonarías —responde Junior y, al llegar a la esquina, ambos doblan. Empiezan entonces a caminar. A pocos metros está la entrada al metro, así que, sin ni siquiera mirarse, entran como si se hubieran puesto de acuerdo y se pierden allí.

Más tarde, Ainara enviaría a alguien a buscar el coche, que permanece en la cochera con Bob dentro. Eso es lo primero que debe arreglar.

12

¿AHORA QUÉ HAGO?

East River Plaza, Manhattan
Miércoles, 6 de mayo, 2:20 p. m.

MI SEGUNDA COMIDA del día vuelve a ser una hamburguesa. Ya tenía hambre, y es lo que más me gusta. Las como casi a diario, variando solo con *pizza* y algún *hot dog* de vez en cuando. Estoy sentada cómodamente tomando un refresco, como cualquier persona normal que sale a pasear.

Cuando subimos al metro a la salida del banco, le di a Junior las llaves del vehículo para que fueran por Bob. Ni él ni yo podíamos quedarnos por la zona. Ambos quedamos expuestos y de seguro hubo cámaras que nos captaron durante nuestro pequeño espectáculo. Es por eso que alguno de mis compañeros se está encargando de buscar a Bob y traerlo. Además, es peligroso continuar con esa camioneta, se la quité a los sicarios de anoche, así que deben estarla buscando. No quiero que la encuentren con mi perro dentro. Ya le pasé los datos de ese vehículo a Andrew, tal vez encuentre algún nuevo dato al investigarlo, pero no me sorprendería que pertenezca a la misma empresa de seguridad.

Junior bajó del metro en la estación de Soho, iba hacia el búnker de Andrew, que quedaba a pocas calles. Yo, por mi parte, seguí hasta alejarme lo más posible de Wall Street. Bajé recién al llegar al otro extremo de Manhattan, Spanish Harlem. Una vez en la calle, busqué en mi móvil un lugar para comer y esperar a que trajeran a Bob. Encontré un centro comercial bastante cerca, el East River Plaza. Por eso me encuentro aquí disfrutando de mi hamburguesa, tal vez vaya luego a mirar un rato el río Harlem, no lo sé, el día está lindo y tener un tiempo sin correr me puede hacer bien. Estoy por terminar mi refresco cuando veo a Alain que viene caminando hacia mí. Imaginaba que sería él quien vendría con Bob.

—Hola, Ainara —dice Alain mientras se sienta a mi lado y coge una de las papas fritas que vinieron con mi hamburguesa—. Mmm, ya están frías.

—¿Quieres que pida otra hamburguesa? —le pregunto invitándolo a comer.

—No, gracias —me contesta—. Tengo que volver y no podemos perder tiempo. Traje a nuestro amigo y está ansioso por verte. Ya le di de comer e hizo sus necesidades.

—Gracias —respondo sonriendo. Imagino que Bob se debe haber puesto contento de ver a Alain. En realidad, los dos deben haberse puesto contentos—. ¿Tienes alguna novedad?

—Andrew está trabajando con el banco —contesta Alain mientras come otra papa fría—. Junior hizo un buen trabajo y el ordenador sigue conectado, así que Andrew se está divirtiendo. Probablemente, pensaron que Junior se llevó el ordenador y ni se enteraron de que sigue conectado allí mismo.

—¿Tú has averiguado algo? —le pregunto. Sé que por sus contactos entre criminales tiene acceso a información a la que nadie más del equipo puede acceder.

—Estuve preguntando a varios contactos si hay algún contrato para asesinarte, pero nadie sabe nada —me contesta Alain, frunciendo los labios en un gesto de impotencia—. Me dicen que si hay un contrato, no es uno abierto, en el que alguien ofrece dinero a quien sea que haga el trabajo.

—¿Tú qué piensas? —le pregunto. Alain es el miembro del grupo más reciente, en el pasado se dedicaba a cosas bastante turbias, por lo que tiene experiencia en estos manejos. Por eso creo que si alguien puede encontrar algo en esa área, es él.

—Debe tratarse entonces de un contrato privado —me explica—, un cliente, un asesino. Como en este caso ha habido varios asesinos involucrados, debemos pensar que es una organización de sicarios. Así que ahora me estoy enfocando en organizaciones criminales, hay varias mafias que estarían en condiciones de hacer algo así, tengo que encontrar la adecuada.

—Hoy les hemos dado un susto —reflexiono, recordando lo sucedido en el banco—. No sé si ya comprendieron que se trataba de nosotros.

—Los tomamos de sorpresa —dice Alain—, pero

teniendo en cuenta su nivel de organización, ya deben saber que fuiste tú.

—Tal vez cometan algún error y se expongan —reflexiono casi como en un deseo—. Sería bueno que conozcamos su verdadero rostro.

—Todo ha sucedido muy rápido —dice Alain poniendo las cosas en contexto—, el primer incidente fue ayer en la mañana, confío en que durante el día tengamos las cosas más claras.

Admiro el optimismo de Alain, pero yo no lo veo tan fácil. Si bien esto comenzó hace muy poco, estamos a ciegas. No sabemos quiénes son, por qué lo hacen o cómo me han encontrado. Solo tenemos la credencial de un banco y el nombre de una empresa de seguridad. No es suficiente. Espero que Andrew descubra algo.

—Aquí tienes —dice Alain mientras me extiende unas llaves—. Son de un compacto gris que te espera con Bob dentro en el aparcamiento. Es lo único que pudimos conseguir. Descartas los coches demasiado rápido.

—Gracias —respondo sonriendo. Ya perdí la cuenta de cuántos vehículos utilicé en las últimas veinticuatro horas—. ¿Vienes conmigo?

—No —me contesta a la vez que saca su teléfono—, voy a aprovechar que estamos en Harlem para visitar a un viejo amigo. Tal vez consiga alguna información. Te estoy enviando el dato de dónde te dejé el coche, el aparcamiento es muy grande.

Nos despedimos al levantarnos y cada uno sale para su lado. Confío en su habilidad, algo encontrará.

Busco el ingreso al *parking* y voy hacia allí. Miro el mensaje que me envió Alain para ver dónde está el coche. Bajo por una escalera mecánica hasta el segundo subsuelo. Busco la cochera 235. Allí está. Es un pequeño sedán gris. Ya lo veo a Bob arañando la ventanilla, desesperado por venir hacia mí. Lo haré bajar para que dé una vuelta y luego volveremos al coche para irnos.

—Ya llego, muchacho —le digo mientras me acerco y él salta de un lado a otro hasta el punto de sacudir el vehículo.

Desactivo la alarma, y cuando voy a poner la mano en el picaporte, veo un reflejo en la ventanilla, un movimiento rápido a mis espaldas. Giro y veo que un hombre levanta un arma a menos de un metro detrás de mí. Reacciono rápido, frenando su brazo. El arma se dispara y el tiro da en el capó del coche. El hombre me mira sorprendido, no esperaba mi veloz movimiento. Sosteniendo su brazo con mi mano izquierda, giro hacia atrás y con el codo derecho le pego en la nuca. Vuelvo a girar en el sentido contrario y levanto su brazo para pegarle un puñetazo en las costillas. Suelta otro disparo, que va a cualquier lado. El hombre me lanza un golpe con la mano izquierda porque nunca le suelto la derecha. Lo bloqueo y le doy un rodillazo en el estómago. El hombre se inclina hacia adelante. Levanto entonces mi brazo derecho bien alto y lo bajo con toda mi fuerza para volverle a dar un codazo en la nuca. Esta vez el hombre cede y cae sin resistencia. Lo único que lo sostiene es mi mano izquierda, que aún no suelta el brazo con el arma. Le quito la pistola y lo dejo caer por completo.

—Principiante.

Es un hombre joven. Me extraña que, luego de mandarme cuatro profesionales anoche, hoy me envíen un novato. Miro alrededor mientras me guardo el arma en la cintura. No hay nadie a la vista.

—Bien.

Recién entonces me doy cuenta de que Bob está ladrando como loco dentro del coche.

—Ya voy, cariño —le digo con dulzura, suavizando la rigidez de mi rostro—. Resuelvo esto y estoy contigo. Pero no podremos salir a pasear ahora. Deberás aguantar un poco más.

Me agacho sobre el hombre y lo reviso. Como imaginaba, no tiene nada que lo identifique. Debo irme rápido de aquí, pero no sé si volveré a tener una oportunidad como esta de tener a uno de ellos a mi disposición. Y yo que pensé ir a ver el río más tarde; esas cosas no son para mí.

—¿Ahora qué hago?

UN CADÁVER MÁS

EL HOMBRE ESTÁ INCONSCIENTE en el suelo, le di bastante fuerte. Si lo interrogo, obtendré por fin una respuesta. Pero este no es el lugar apropiado, debo sacarlo de aquí. Vuelvo a mirar alrededor, sigue sin haber nadie, eso es raro para ser el aparcamiento de un centro comercial, pero me termina beneficiando. Voy hasta la parte de atrás del coche y abro el maletero, es muy pequeño.

—Tendrá que entrar —me digo a mí misma, tratando de convencerme.

Vuelvo hasta el sicario que está en el suelo. Lo agarro de la chaqueta y trato de arrastrarlo, pero es pesado. Tomo entonces su arma, que la había apoyado en el techo del coche, y me agacho junto a él. Comienzo a cachetearlo. Al tercer golpe, el hombre reacciona y le apunto a la cara con su propia arma.

—Ponte de pie —le digo y el tipo me mira como perdido. Puede que en realidad lo esté. Le pateo las piernas para que, si está perdido, vuelva a encontrarse rápido—. Que te levantes, te digo.

Se levanta con bastante esfuerzo y me vuelve a mirar, pero esta vez lo hace midiéndome. Si pretende enfrentarme, se llevará una sorpresa. No le doy tiempo a que piense estupideces. Le pego un tiro en el brazo derecho. Es bueno tener un silenciador. Si le hubiera disparado con mi arma aquí adentro, el ruido hubiera despertado hasta a los muertos. El hombre se agarra el brazo herido. Ahora entiende que hablo en serio.

—Ve al maletero —le digo señalando la dirección con el arma. El hombre me mira con odio, pero obedece. No tiene alternativa.

—Entra allí —le digo. El hombre duda y le apunto al otro brazo. Él menea la cabeza y se mete. Lo hace con dificultad, pero lo logra.

Intento cerrar el baúl y no puedo de primera, así que bajo la puerta de un golpe. Escucho chillar al hombre, pero el maletero ya está cerrado. Rodeo el coche y entro. Bob se me viene encima y comienza a lamerme. Estoy un par de minutos devolviéndole el cariño, se lo merece por su paciencia. Cuando se calma arranco y salgo del centro comercial. Ya tengo en mente hacia dónde ir. Estoy cerca del Bronx y conozco una fábrica abandonada que me servirá. Hace un mes estuve allí por otro caso y, si nada cambió, es el lugar perfecto.

Cruzo el río Harlem y en pocos minutos llego al sitio.

Freno delante de la fábrica, que parece estar como la recordaba. Bajo para abrir la reja. Voy a bajar a Bob, pero veo a dos muchachos que se me acercan de manera amenazante.

—Las cosas deberían ser más sencillas —murmuro y cierro la puerta rápido para que mi bestia negra se quede adentro. No tengo tiempo para esto.

Saco mi Magnum y le apunto a uno de ellos. También la pistola con silenciador y le apunto al otro. Ambos se detienen en seco y me miran sorprendidos.

—Ya, lárguense —les digo y disparo con el arma del silenciador al suelo cerca de sus pies. Entonces, los muchachos se van corriendo. Tendrán pesadillas conmigo.

Vuelvo a guardar las armas y saco la cadena que amarra el portón. Bien, sigue sin candado. Lo abro y vuelvo al coche. Arranco y cruzo el portón. Avanzo hasta quedar fuera de la vista de cualquier curioso que ande por la calle. Estaciono y vuelvo a bajar. No me molesto en cerrar el portón, espero que este hombre hable rápido y me pueda marchar de aquí con algo concreto. Vuelvo a sacar el arma del delincuente y camino hasta el maletero. Lo abro y le apunto.

—¡Qué diablos!

El tipo tiene espuma en la boca y convulsiona frente a mí. Sin dejar de apuntarle, me acerco y lo sacudo con mi mano libre. El hombre no reacciona. Creo que no está simulando, así que guardo el arma. Lo reviso, pero no sé qué sucede.

—¿Qué te pasa? —le pregunto sin saber cómo proseguir—. Dime algo.

El sujeto parece tener un instante de lucidez y habla, balbuceando.

—El Anillo Negro no perdona.

Luego de decir eso, deja de moverse. Le apoyo la mano en el cuello, no tiene pulso.

—¡Mierda!

Una vez que tenía la posibilidad de averiguar algo, el asesino se me muere. Le debe haber dado un ataque. Todo sale mal. ¿Ahora qué? Estoy cansada. Mejor pido ayuda. Le escribo a Alain.

HARLEM, Upper Manhattan
Miércoles, 6 de mayo, 3:10 p. m.

ALAIN SUBE por la escalera de un edificio en ruinas. Las paredes están llenas de grafitis y hay basura por todos lados. Ve un hombre tirado en el suelo. Alain lo pasa por encima. Sube hasta el segundo piso y allí se encuentra con dos hombres enormes armados que lo ven y se le paran delante.

—Vengo a ver a TC —dice Alain. Uno de los hombres se le acerca y lo revisa. No encuentran ningún arma, así que da un paso al costado.

—Pasa —dice el hombre y Alain avanza.

Entra a lo que en algún momento debió ser un piso. Ve gente desparramada consumiendo droga y rápidamente identifica un cuarto con otro guardaespaldas en la puerta. Se dirige hacia allí. Entra a la habitación bajo el escrutinio del que custodia la entrada y ve a quien vino a buscar. Un viejo conocido: TC.

—Hola, amigo —dice TC, que lleva chamarra gris y *jeans* holgados. Se pone de pie para saludarlo y se acerca. Se abrazan—. Qué bueno ver que estás vivo después de tanto tiempo. Dime qué quieres, yo invito. ¿Hierba, «blanca», golosinas o lo que quieras?

—Gracias, amigo —responde Alain, haciendo un gesto de negación con las manos—, pero no quiero nada por el momento. ¿Qué te ha pasado? Antes atendías tu negocio en un lujoso piso al otro lado del barrio.

—Números, amigo —explica TC—. Hice números y esto es mucho más rentable. No tengo que pagar ningún impuesto, no tengo que pagar sobornos a la administración del edificio ni a la policía, y muchas cosas más. Aparte, los adictos se asustaban de aquel lugar, aquí se sienten en su casa. No imaginas lo caro que es mantener un negocio decente. Esta mugre me deja mucho más dinero.

—Me alegro entonces de que te vaya mejor —dice Alain y va al tema que lo llevó hasta ahí—. Solo estoy de paso, quiero hablar con Jason, pero no sé dónde ubicarlo.

—Ahhh —responde TC con una sonrisa de oreja a oreja—, quieres volver al juego, ¿verdad? ¿Te cansaste de las vacaciones?

—Algo así —responde Alain, que no está interesado en dar explicaciones y sabe que esta gente se siente más confiada cuando cree que no hay nadie honesto cerca—. ¿Sabes dónde ubicarlo?

—Ve esta noche al bar Tequila, en el Bronx —responde TC—. Lo encontrarás allí.

—Gracias, amigo —dice Alain al despedirse.

—Espera —dice TC mientras se agacha y recoge un puñado de pastillas rosas con forma de osito. Se las pone a Alain en el bolsillo de la chaqueta—. Llévate unas golosinas, amigo. Son un regalo de bienvenida.

Alain le vuelve a agradecer y se marcha. Cuando está bajando la escalera le suena el teléfono. Lo revisa y ve que es un mensaje de Ainara.

—¡Diablos! —exclama luego de leer el texto. Entonces, le graba un audio.

—Espérame, no estoy muy lejos, voy en camino.

EL BRONX, Nueva York
Miércoles, 6 de mayo, 3:30 p. m.

ESCUCHO QUE ALGUIEN abre el portón. Luego de volver a cerrar el maletero, fui hasta la entrada y cerré también el portón. No sabía cuánto tardaría con esto, así que era mejor tomar precauciones. Me asomo para ver quién se acerca y veo que es Alain. Bob, que estaba dando vueltas por los alrededores, viene corriendo a recibirlo.

Después de saludar al perro, se acerca y apoya una mano en la puerta de mi coche. Mete el dedo en un orificio y recién entonces me doy cuenta de que uno de los disparos dejó su marca en la carrocería.

—Debes dejar de hacer esto, Ainara —dice Alain sonriendo—. No alcanzarán los coches de todo el estado.

No le respondo. Camino hacia la parte trasera y abro el baúl.

—Debemos resolver esto —le digo. Él se acerca y ve el cadáver.

—¿Qué pasó? —me pregunta.

—No lo sé —le respondo con honestidad—. Me atacó en el aparcamiento del centro comercial. Lo reduje y lo traje en el maletero para interrogarlo. Cuando llegué aquí, lo encontré convulsionando y enseguida murió. No le pegué tan duro como para matarlo.

Alain se inclina sobre el cuerpo y lo revisa. Le toma el brazo herido y me lo muestra.

—Tuve que hacerlo entender quién estaba a cargo —le digo—. Una herida pequeña sin riesgo de muerte.

—¿No fue con tu arma, verdad? —me pregunta para confirmar. Él sabe que si le hubiera disparado con mi Magnum le hubiera destrozado el brazo.

—No —respondo y me levanto el suéter para que vea el arma con el silenciador—, usé la suya.

Alain sigue revisando el cuerpo y ve que tiene la mano izquierda apretada. Se la abre y encuentra un frasquito. Me mira.

—Se suicidó —me dice con cara de sorpresa.

—¿Por qué haría algo así? —pregunto desconcertada mientras él mira el frasquito y lo huele.

—Si trabaja para la mafia —me explica volviendo a dejar el frasco en el baúl—, es mejor morir que hablar. Debería tener familia. Si al ser atrapado habla, todos mueren. Si se suicida, su familia recibe una pensión de por vida. Son sus códigos.

Lo que me dice Alain no es algo que desconozca.

Después de tantos años, las cosas parecen seguir exactamente igual. Sin embargo, sigo sintiendo la impotencia de vivir en un mundo tan injusto. Es una sensación que conozco bien y que empecé a sentir cuando murió la abuela de Alain, quien era mi jefa de ese entonces en Seguridad Nacional. Fue la primera vez que supe de la existencia del Anillo, y ella también murió para salvar a su familia. Miro a Alain y veo una historia familiar trágica. Su abuela y su padre murieron a manos del Anillo. No quiero que a él le pase lo mismo. Es joven y podría tener una vida mejor si se alejara de todo esto. Eso que he estado tratando de hacer yo, pero que no he conseguido, tal vez él lo pueda lograr. ¿Pero qué haría? Teniendo en cuenta su vida antes de unirse al equipo, tal vez lo mejor sería que continúe con nosotros.

—¿Llegó a decirte algo? —pregunta Alain mientras cierra el maletero. No se imagina que estoy pensando en él y su familia.

—Sí —contesto e intento olvidarme de lo que estaba pensando, así que vuelvo al tema—. Me dijo que el Anillo Negro no perdona.

—¿Anillo Negro? —pregunta Alain y no estoy segura de si no entendió o está pensando en algo específico—. He escuchado esa denominación. Son una mafia que no sé bien en que área se mueven ni a qué se dedican.

—¿Qué tienen que ver con el Anillo? —le pregunto ya harta de que todo señale en la misma dirección.

—No lo sé —responde Alain meneando la cabeza—. Puede no tener nada que ver o ser una competencia. Nunca traté con ellos, pero conozco a alguien que sí lo ha hecho. Justo hoy iba a verlo para preguntarle si sabía algo del contrato con tu nombre. Por fin tenemos por dónde empezar.

—¿Qué hacemos con él? —pregunto mientras golpeo con mi mano el maletero.

Alain se acerca y, con la manga, limpia el lugar donde yo golpeé.

—Este se queda aquí —me responde—. Ayúdame a limpiar tus huellas. El coche no tiene relación con nosotros y las heridas del muerto no son de tus balas. No necesitamos que te carguen un cadáver más. Tendremos que caminar. Bob estará contento.

Bob lo mira y menea la cola.

14

DEVOLVER EL GOLPE

East River Plaza, *Manhattan*
 Miércoles, 6 de mayo, 3:20 p. m.

AINARA, Alain y Bob caminaron unas calles hasta llegar a un lugar más transitado. Allí pidieron un Uber que aceptara mascotas. Cuando subieron al coche, el animal se acomodó en el medio de los dos y se pusieron a pensar con más tranquilidad sobre lo sucedido. ¿Cómo fue posible que la encontraran? Que alguien la haya seguido desde el banco era muy poco probable. Si fuera así, no hubieran esperado tanto para atacarla, lo hubieran hecho en el metro o en la calle, no en el centro comercial, con seguridad y cámaras por todos lados. La otra posibilidad era que lo hubieran seguido a Alain. Por el coche no podía ser. Alain lo había conseguido una hora antes, en un lugar no del todo legal. Por eso nadie podía relacionarlo ni siquiera con él. En todo caso, lo habrían estado siguiendo todo el día a la espera de tener la suerte de que se encontrara con Ainara. También era muy poco probable. La única opción posible era que la hubieran encontrado de casualidad en el centro comercial. ¿Pero cómo? Ainara no creía en las casualidades, debían tener una metodología para encontrar a la gente y la utilizaron en el centro comercial.

Ese sería el objetivo de Kim, descubrir cómo la encontraron. Fue así que la llamaron por el móvil y le dieron esa indicación. Mientras Alain y Ainara iban hacia el búnker de Andrew en coche, Kim viajaba en metro en el sentido contrario, desde el búnker al centro comercial.

Kim baja del metro. Sigue los mismos pasos que dio Ainara. Piensa que si su amiga se topó con algo sin darse cuenta, ella no lo dejaría pasar por alto. Al llegar al East River Plaza Kim mira el lugar con detenimiento. Hay cámaras de seguridad en la entrada. Se pregunta si puede ser que esta gente, «el Anillo Negro», según las novedades que le dio Ainara, pueda tener intervenidas las cámaras del centro comercial. Es lo único que vio hasta ahora que pudiera servir para identificarla.

—¿Justo este centro comercial? —se pregunta Kim en voz alta. No puede ser, deberían tener intervenidos todos los centros comerciales. Sería algo exagerado pensar eso. ¿Qué sentido tendría tener una logística semejante? De seguro no habrían armado algo tan grande por Ainara. En todo caso, sería algo hecho por otro motivo y que, en este caso, se utilizó para encontrarla.

Kim prefiere no especular más hasta tener alguna

pista real. Ingresa al lugar y comienza a recorrerlo. No ve nada raro, así que se dirige al sitio donde Ainara estuvo comiendo. Al encontrarlo, se sienta en una silla frente a una mesa y se queda mirando cada sector. No hay nada raro. Sabe que Ainara pagó en efectivo, por lo que no hay ninguna forma de pago electrónico por la que la pudieran identificar.

Kim no se imagina cómo pudieron encontrarla, no hay nada sospechoso. En ese momento, ve pasar a lo lejos a un guardia de seguridad hablando por un intercomunicador. A Kim se le ocurre una idea y se pone de pie. Lo sigue hasta alcanzarlo.

—Disculpa —le dice al guardia de seguridad y le muestra su credencial de investigadora privada. Necesita exponerse si quiere obtener algo—. Mi nombre es Kim Wong y soy detective privado. Ando tras una peligrosa criminal y recibí un informe de que la han visto aquí. Quería hablar con el jefe de seguridad para ponerlo al tanto de la situación y prevenir cualquier riesgo para el público.

—¿A qué criminal se refiere? —pregunta el guardia y Kim se sorprende. ¿Para qué quiere este hombre saber de qué criminal hablo? Lo lógico sería que la hubiera conducido con su jefe y, en el ínterin, Kim elaboraría su historia. No tiene tiempo para eso, entonces toma una decisión drástica.

—Su nombre es Ainara Pons —dice Kim respirando profundo. En definitiva, la busca la Policía, el FBI y algún asesino loco, no hará más daño que la mencione. Así que saca su móvil, busca una foto de Ainara y se la muestra —. Luce así.

—¡Oh, sí! —responde el guardia, relajado, como si la conociera de toda la vida—. No es necesario que hable con el jefe, ya sabemos quién es.

—¿Cómo es eso? —pregunta Kim mientras observa el logo en el uniforme del hombre, es de la empresa T&T. Cree haber dado en el clavo y comienza a hacerse una idea de lo que está pasando.

—Todos los días recibimos un informe sobre delincuentes buscados —explica el guardia y Kim empieza a confirmar su suposición—. Es parte de nuestro trabajo identificar a criminales y avisar a la policía. Como usted ha dicho, fue vista hoy aquí y dimos el aviso. La policía debió atraparla en el aparcamiento, pero se demoraron en llegar y escapó.

—¿Cómo supieron que la atraparían en el aparcamiento? —pregunta Kim. No tanto por estar intrigada por la precisión de los datos, sino porque quiere seguir obteniendo información.

—Es que nos ordenaron cerrar los ingresos al *parking* mientras la policía realizaba la redada —dice el guardia, orgulloso de su accionar—. De este modo, ningún civil resultaría herido. Cuando la policía no llegó, nos dieron la orden y liberamos las entradas, para que la gente pueda circular.

—¡Ah, bien! —dice Kim satisfecha, ya consiguió lo que había venido a buscar—. Entonces no me necesitan, ustedes han hecho un gran trabajo. Gracias por la información.

—Fue un placer —dice el guardia y sigue su camino.

Kim sonríe, ya los tiene y debe comunicar lo descubierto. Vuelve a sacar su móvil y llama a Ainara para contarle todo.

—Hola, Kim —la saluda Ainara, que ya se encuentra en el búnker de Andrew. Estaba esperando esta llamada— ¿Averiguaste algo?

—Sí —responde Kim mientras camina hacia la salida, prefiere no quedarse más tiempo allí. Si las cosas son como cree, puede estar en peligro ella también—. Ya sé cómo lo hacen. Es la empresa de seguridad T&T, ellos son quienes te reconocieron y llamaron al sicario. No los guardias comunes, ellos no saben nada, solo obedecen órdenes.

—Explícate, por favor —le pide Ainara, que no llega a captar la idea, pero se da cuenta de que al fin se están acercando.

—Es así —retoma la explicación Kim, tratando de ordenar mejor sus palabras—. Los guardias de T&T reciben todos los días un informe de, «supuestamente», criminales peligrosos, o sea, tú. Cuando los guardias en centros comerciales, o cualquier otra empresa donde trabajen, identifican a uno de estos criminales, advierten a sus superiores. Estos jefes son los que les avisan a los sicarios. Si tú hubieras entrado al banco esta mañana, también te hubieran reconocido, y en pocos minutos te hubieran intentado matar.

—Buen trabajo, Kim —contesta Ainara, quien ahora tiene herramientas para trabajar. Estaba segura de que esa empresa se hallaba en medio de todo, solo necesitaban descifrar su función—. Ahora regresa al búnker. Nos toca a nosotros devolver el golpe.

15

ENCONTRAR AL REY

BÚNKER DE ANDREW, Manhattan
Miércoles, 6 de mayo, 3:30 p. m.

—QUEDA claro que T&T está hasta el cuello en esto — digo convencida.

Ya no tengo dudas sobre la participación de T&T. Sin embargo, el nivel de compromiso de esta empresa aún no me queda claro. Y eso es lo que debo hacerle entender a mis compañeros.

—Tenemos que descubrir si son los responsables — prosigo—, o son apenas una parte de algo más grande.

—¿Por qué dices eso, Ainara? —me pregunta Junior. Aquí estaban todos muy satisfechos con el descubrimiento de Kim. Por eso es que, por un momento, perdieron de vista que aún no sabemos por qué me están persiguiendo—. ¿No crees que sea T&T el único culpable de los ataques?

Freddy, Alain, Junior y Andrew me miran a la espera de una explicación. Nos hemos juntado en el búnker para evaluar los próximos pasos a seguir. Nos damos cuenta de que estamos cerca, pero aún todo se mueve en una especie de nebulosa sin ningún personaje al que acusar.

—Creo que T&T es apenas lo que dijo Kim —digo a medida que voy analizando lo que conocemos—, son los ojos de esta organización, pero no el cerebro.

—Ni las manos —acota Alain, siguiendo con la analogía—. Por más que la camioneta del primer incidente perteneciera a esa empresa, debemos recordar que uno de los criminales tenía una credencial del banco. O sea que cualquiera de estos dos negocios podría enviar a los asesinos.

—No debemos olvidarnos de Peón 8 —agrega Freddy oportunamente, yo ya me había olvidado de ese otro jugador—. Que si bien no sabemos si está involucrada en los ataques a Ainara, sí lo está en el intento de desaparecer la camioneta y la balacera que sufrí yo mismo. Por lo cual, no sería extraño que también hubiera asesinos salidos de allí.

—Es necesario ordenarnos —digo, tratando de organizar la información que tenemos hasta ahora, pero quiero saber más—. Andrew, ¿qué averiguaste de T&T?

—Bueno —dice Andrew, que gira en la silla frente a su escritorio para observar el ordenador. Es el único que no está sentado en los sillones—. T&T tiene más de cincuenta años. Se inició como una empresa familiar, formada por Michael Torres y su hijo Julius Torres, pero luego fue adquirida por el fondo de inversión Alfil Negro hace una década. A partir de allí fue cuando esta empresa se expandió y se convirtió en la principal firma de seguridad de Nueva York. Está presente en todos los centros comerciales importantes del estado. Además, está en grandes tiendas y, por supuesto, en varios bancos.

—¿Sabes algo de estos Torres? —pregunta Junior, pensando que tal vez ellos tengan antecedentes.

—Padre e hijo están limpios —responde Andrew—. Cuando vendieron la empresa, se desligaron por completo de ella, en la actualidad no tienen ninguna injerencia en su conducción. El padre es un hombre ya muy mayor y está retirado en Florida. El hijo tiene un hotel en Grecia, vive allí desde que vendieron la empresa.

—Me parece mucha casualidad —añado, reflexionando en que los nombres de las dos empresas están evidentemente ligados—. No puede ser que la empresa de seguridad fuera fundada por dos personas llamadas Torres y que el banco se llame «Las Dos Torres». ¿Qué hay con eso, Andrew?

—No tiene nada que ver una cosa con otra —responde Andrew, negando con la cabeza y echando por tierra mi especulación—. El banco cambió de nombre a finales del 2001, en honor a las Torres Gemelas. Esto coincidió con la adquisición del banco por parte de Alfil Negro.

—Entonces, es pura coincidencia —dice Freddy frustrado.

—¡No! —exclama Andrew golpeándose la frente con la mano derecha—. Soy un estúpido.

—¿Qué sucede? —le pregunto porque no sé en qué está pensando.

—Los nombres de las empresas —responde Andrew más hablando para sí mismo que para nosotros—. No entiendo cómo no me di cuenta hasta ahora.

—Vamos, Andrew —dice Alain impaciente—, habla de una vez.

—Estuvo siempre ahí —explica Andrew girando hacia nosotros—. Torres y Torres, Las Dos Torres, Peón 8 y Alfil Negro. Son todas piezas de ajedrez.

Nos miramos entre nosotros, asombrados de no haberla visto antes, ya que estuvo siempre frente a nuestros ojos. Ahora nos sentimos todos un poco estúpidos. No interesa quién fundó las empresas o por qué se llaman como se llaman, lo importante es que todas forman parte de un juego de ajedrez manejado por Alfil Negro.

—El Alfil Negro maneja todo —digo entonces como si hubiera tenido una epifanía.

—No puede ser —dice Freddy, poniendo en duda esa afirmación—. He jugado bastante ajedrez y nunca el alfil es una pieza tan importante. El orden es peón, caballo, alfil, torre, reina y rey. Las torres deberían ser más importantes que el alfil, y no al revés.

—Quizás eso no sea importante —dice Junior tratando de encontrarle una lógica—. Puede ser que utilicen nombres del ajedrez, pero no necesariamente se ajusten a los valores del juego.

—También hay caballos —dice Freddy, que parece haberse acordado de algo—. El llavero de la camioneta del primer ataque tenía forma de caballo.

—El del segundo vehículo también era un caballo —digo confirmando el dato de Freddy—. Por eso no creo que esto sea al azar. Tal vez todo sea una especie de táctica.

Los demás me miran intrigados. No saben a qué me refiero.

—¿Qué quieres decir? —pregunta entonces Freddy.

—El ajedrez es un juego de estrategia —explico mientras lo voy teniendo más claro—. Muchas veces es necesario simular o darle importancia a una pieza que no la tiene, para que pasen desapercibidos los movimientos de la pieza que nos interesa.

—No debemos distraernos, entonces, con las piezas comunes y buscar al rey —dice Junior, que ha comprendido la idea.

—Sí —coincide Freddy—. Los fondos de inversión son siempre una fachada para ocultar a los verdaderos poderosos.

—Andrew —digo al recordar que hay una oportunidad de conocer el movimiento interno de estas empresas—, ¿has logrado algo con el banco?

—Mientras hablábamos, me acaban de desconectar —nos cuenta Andrew frunciendo la boca—, deben haber hallado mi dispositivo. Pero aun así logré extraer muchos gigas de información. Me llevará unas horas analizarla. Para el final del día tendremos algún nombre que valga la pena.

—Tal vez encontremos allí el nombre del rey —dice Junior.

—Hay un tema que hemos estado evitando —digo al

fin cuando advierto que todos estamos de acuerdo y que debemos ir más allá—, «el Anillo Negro».

—Es que no hay nada al respecto en lo que hemos encontrado hasta el momento —acota Junior, molesto. Cada vez que creemos estar avanzando, aparecen más preguntas que parecen estancarnos—. Nunca antes hemos escuchado hablar de ellos.

—Pero eso no significa que debamos descartarlo —prosigo—. No creo que un hombre a punto de morir lo mencione porque no tiene nada mejor que hacer.

—Como le comenté a Ainara anteriormente —dice Alain—, yo sí he escuchado rumores sobre el Anillo Negro. Son un grupo mafioso con el que nunca traté, pero al que creo poder contactar. Ya sé con quién hablar para ello y lo haré esta noche.

—Intuyo que el rey de este ajedrez y los jefes del Anillo Negro —digo bastante convencida— son las mismas personas.

—Entonces, hay que encontrar al rey —dice Freddy cuando su móvil comienza a sonar—. Disculpen.

Freddy atiende y, mientras escucha lo que le dicen, me mira. Le responde a quien sea que lo llamó que iría para allá y cuelga.

—Era Smith —explica Freddy mirándome directo a mí—. Hay un video en el que apareces, Ainara. Fue tomado en la puerta del banco. Debo ir a investigar.

Hasta ahora, salvo por el rastro de cadáveres, había pasado bastante desapercibida. Sabía que con mi intervención en el banco no pasaría lo mismo.

—Además —continúa Freddy—, el agente Smith me

pidió hoy un informe sobre el accidente de ayer en la mañana. Lo escribí antes de venir, pero aún no se lo entregué.

—Que tu informe sea lo más detallista posible —le digo—. Debes recuperar su confianza.

16

TINTE PARA EL CABELLO

Banco Las Dos Torres, Wall Street, Manhattan
Miércoles, 6 de mayo, 4:10 p. m.

Freddy llega al banco al mismo tiempo que el agente Smith. Su jefe está sonriendo como un niño en una juguetería. Siente que se está acercando a Ainara y esto le hace subir la adrenalina. Su vieja obsesión por atraparla se ha activado de nuevo.

—Esta vez la tenemos en cámara —dice Smith mientras señala el frente del banco. Freddy se lo imagina relamiéndose como un animal salvaje cerca de su presa.

Allí hay mucho movimiento. Están trabajando varios hombres para reponer los cristales. El banco no puede permitir que su vestíbulo permanezca más tiempo sin repararse.

—¿Cómo supo del video, jefe? —pregunta Freddy mientras caminan hacia la puerta.

—Le pedí a la Policía que me informe de cualquier tiroteo con una Magnum 45 —responde Smith, satisfecho de su eficiencia—. Sé que cuando empiezan los disparos de Ainara, no se terminan hasta llegar a un final dramático. Y todavía no lo hubo. En cuanto la Policía descubrió que eran ese tipo de balas las que se dispararon aquí, me avisaron. Supongo que Balística me confirmará mañana que se trata de la misma arma.

—¿Ya vio el video? —pregunto sin cuestionar nada de lo que ha dicho. Lamentablemente, sé que ha tenido razón en todo.

—Vi solo un fragmento que me enviaron —responde Smith—. Espero ver un poco más aquí.

Al entrar, se encuentran con el mismo detective que estaba en el piso de Ainara.

—¿Qué hace usted aquí? —pregunta Smith como si nadie más que él pudiera perseguir a Ainara.

—Lo mismo que usted, supongo —le responde el policía a la vez que le extiende la mano y se la estrecha —. La última vez no nos presentamos como corresponde, soy el detective Richard Bronson.

—Agente Smith y agente Tanaka —responde Smith cumpliendo con el protocolo, pero no llega a preguntar otra vez sobre su presencia porque el detective Bronson ya le da una explicación.

—Busco a la sospechosa de un cuádruple homicidio —dice Bronson—. Por lo que vi en el video, es nuestra chica.

Al agente Smith no le gusta que se metan en sus asuntos, y Ainara Pons no es la chica de nadie más que de él. Parece que estuviera celoso. Pero no es por amor que la cela. Si no la captura él, no la capturará nadie.

—Síganme —dice el detective con autoridad, como si estuviera a cargo. Los agentes lo siguen sin protestar.

Los lleva hasta un escritorio con un ordenador en medio del vestíbulo, cerca de los molinetes de ingreso.

—Córrelo de nuevo —le dice el detective a un uniformado. El policía simplemente le da al botón de *play*.

En la pantalla se ve el cristal de la entrada tomado desde el interior del banco. No se ve lo que hay del lado de afuera debido al reflejo del sol. Entonces, aparece un orificio y una rajadura. Luego el cristal estalla y se ve claramente a Ainara con el brazo extendido y el arma humeante. Después de registrarse otro disparo, el video se corta.

—¿Eso es todo? —pregunta el agente Smith molesto.

—Así es —responde el detective Bronson—. Con el último disparo, la señorita Pons le dio a la cámara.

—¿Qué dice la gente de aquí sobre lo sucedido? —pregunta Smith. Freddy, mientras tanto, se dedica a mirar el lugar. Observa desde dónde disparó Ainara y en dónde impactaron las balas, hacia una pared al fondo. Están marcadas con un círculo de tiza blanco.

—La gente de recepción y seguridad me dijo que no pasaba nada —explica el detective—. Me explicaron que de repente empezaron a escuchar disparos sobre sus cabezas, los cristales estallaron y todos se echaron al suelo. Pudieron ver a una mujer que les disparaba como loca, queriendo matarlos.

—¿Usted qué cree, detective? —pregunta Freddy y

Smith lo mira. ¿Qué es esto de darle lugar al policía? Freddy sabe lo que sucedió porque Ainara se lo contó todo. El problema es que no puede decir demasiado para no quedar en evidencia. Tal vez el detective lo pueda hacer por él.

—A mí me parece… —dice Bronson y hace un silencio para acercarse a los agentes y hablar en un tono más bajo—. Me parece que mienten. Vi cómo esa mujer dejó a cuatro asesinos profesionales, disparando probablemente en la oscuridad, porque así hallamos su piso al llegar. No me trago que se puso a disparar al azar queriendo matar a gente que no conocía. Y menos que haya fallado a plena luz del día. ¿Ven cómo está parada?

El detective señala la pantalla. La imagen está pausada en el momento en que se la ve a Ainara disparando.

—Está perfectamente plantada —prosigue el detective, estudiando la postura de Ainara—, como lo haría cualquiera de nosotros en una práctica de tiro al blanco. Estudié los antecedentes de esta mujer, dudo de que no le acertara a nadie de haberlo querido.

—Creo que tiene un punto ahí —dice Smith, que empieza a tenerle cierto respeto al policía. Además, al estudiar los antecedentes de Ainara, tiene que haberse enterado del fracaso de Smith. Que no haya dicho nada al respecto, implica también respeto por el propio agente —. ¿Qué habrá intentado hacer? ¿Qué estaba sucediendo aquí?

—Mire la altura de los impactos, jefe —interviene al fin Freddy para guiar un poco las deducciones hacia donde quiere—. A no ser que la gente de aquí mida más de tres metros, esos disparos no querían matar a nadie.

—Y miren dónde está la cámara —añade el detective, señalándola en la pared del fondo—. Está como a diez metros del resto de los impactos. No hay un solo tiro cerca de la cámara. Le atinó al aparato en el primer intento. De hecho, se ve en el video como cambia la dirección de los disparos antes de que la cámara deje de funcionar. ¿Cómo podría tener tanta puntería en un momento y no darle a nadie en el otro?

—Estamos en el distrito financiero —dice Freddy, pensativo—. Se mueve mucho dinero aquí, debe de haber más cámaras en la calle que hayan tomado esta escena desde otro ángulo.

Freddy comienza a caminar hacia la calle y los otros dos lo siguen. Ya en la acera comienza a mirar alrededor.

—Allí —dice Freddy señalando una cámara en un restaurante a veinte metros del banco.

Van hasta el lugar, se presentan al encargado y le explican la situación. El hombre llama a alguien por teléfono para pedir autorización. Recibe una respuesta positiva y entonces busca los registros en su ordenador. Tarda diez minutos en encontrarlos, está muy al tanto de lo que sucedió en el banco, toda la calle lo está. Escucharon los disparos, vieron los vidrios en la acera y luego fueron testigos del despliegue policial. Un tiroteo en un banco no es algo que pase desapercibido.

—Aquí comienza —dice el encargado.

En la pantalla se la ve a Ainara parada muy tranquila afuera del banco, mirando de costado lo que sucede dentro. En un momento dado, da dos pasos, se planta, apunta y comienza a disparar. Da unos disparos más luego de que el vidrio estalla y se detiene solo cuando sale Junior por la vidriera rota. Entonces los dos empiezan a correr. Freddy se relaja al ver que no se le ve la cara a Junior.

—¿Quién es ese? —pregunta el detective Bronson, cruzando su brazo por arriba del encargado y pausando el video justo en el instante en que se les ve a los dos de espalda, huyendo.

—Un cómplice de Pons —dice Smith, que se acerca a la pantalla tratando de identificarlo.

—Ella no le estaba disparando a nadie —dice el detective—. Estaba cubriendo a su cómplice. ¿Creen que hayan intentado robar el banco?

—Es imposible saber qué estaban haciendo —dice Freddy, tratando de frenar esa línea de pensamiento, quiere llevar la especulación en otro sentido—. Pero sea lo que sea, la gente del banco no quiere que lo sepamos.

—Estoy de acuerdo —dice el detective— Tomé la declaración de cuatro testigos, todos empleados del banco. Ninguno mencionó al otro hombre. Por más confusión que hubiera en ese momento, alguno lo tendría que haber visto.

Los tres salen del restaurante, pensativos. El detective le indicó a un uniformado que confisque el video. Se despiden del detective y, cuando están solos, Smith le pregunta:

—¿Por qué no me dijiste que Ainara tenía otro color de pelo? —Otra vez Smith está dudando de la lealtad de Tanaka. Freddy lo mira.

—Sí se lo dije, jefe —contesta él—. Está en el

informe que me pidió esta mañana. Se lo envié antes de venir, revise su correo.

Smith no dice nada y Freddy le agradece a Ainara para sus adentros. El color del cabello fue uno de los detalles que agregó a último momento por sugerencia de su amiga.

17

CONOZCO UNA CHICA QUE
LO HARÁ

EL BRONX, Nueva York
Miércoles, 6 de mayo, 8:10 p. m.

ALAIN LLEGA al bar que le había indicado su amigo TC, el famoso Tequila. Sin embargo, la fama de este lugar no se debe a la calidad de la atención, ni a que sea frecuentado por la farándula. Todo lo contrario. Es conocido por el mal ambiente que se puede ver allí con frecuencia.

Se encuentra en una parte del Bronx que, por la noche, no es de lo más segura. Es por eso que por este lugar no anda cualquiera. La gente que circula por esta zona, a dicha hora, anda por lo general en algo turbio. Ya sean drogas, prostitución o contrabando, si se quiere hacer algún negocio de esta calaña, en el bar Tequila se puede encontrar con quién hacerlo.

Alain saluda con un gesto de la mano al hombre de seguridad que se encuentra en la puerta. No es un hombre muy grande, ni se ve muy fuerte, pero tiene una gran cicatriz en el rostro y bajo su chaqueta se nota que hay un arma oculta. El guardia responde con un leve movimiento de cabeza y Alain ingresa al bar. A pesar de ser la primera vez que visita el sitio, ya dentro, ve lo que esperaba. Un lugar oscuro, con música de *jazz* de fondo y mucho humo. Aquí no se aplica la ley de no fumar. En realidad, no se aplica ninguna ley.

Da un vistazo rápido y encuentra a quien vino a buscar, Jason Lamar. En un rincón con poca luz, contra una pared roja, está jugueteando con una chica de piel morena y cabello rubio que lleva poca ropa. Alain sonríe y camina hasta él. Se para frente a la mesa. Jason lo ve y también sonríe.

—Hola, Alain —lo saluda el hombre mientras le hace una seña a la mujer con la mano—. Ve a dar una vuelta, muñeca.

Ella se inclina y le lame el lóbulo de la oreja. Luego se levanta y se marcha.

—Siéntate, hermano —dice Jason señalando una silla a su lado.

—Hola, Jason —responde Alain mientras corre la silla y se sienta—, es un gusto verte.

—Sí, claro —responde Jason con una intención dudosa, sabiendo de antemano que esta no es una visita social—. ¿Quieres beber algo?

—Una cerveza estaría bien —responde Alain más por ser cortés y no rechazar la invitación que por otra cosa. Aparte, nadie confía en un hombre que no bebe.

—Te has puesto viejo, hermano —dice Jason mientras le hace señas al cantinero, que está tras la barra—.

Antes tomabas bebidas más fuertes. Pronto echarás barriga y mirarás *football* en tu sofá. ¿Verdad?

—Todos cambiamos —dice Alain sonriendo—, en algún momento hay que crecer.

—Bueno, hermano —prosigue Jason mientras toma un trago de su bebida blanca—. Eras un chico bastante alocado. Mírate ahora, todo un señor.

—Tú también cambiaste, Jason —dice Alain mirando alrededor—. Al menos de bar.

—Tú sabes cómo es esto —explica Jason, echándose hacia atrás y abriendo los brazos como mostrando el lugar—, cada tanto la policía necesita demostrar que trabaja, así que tuvimos que entregarle el viejo bar a cambio de que no nos molesten aquí. Pero mi historia la conocen todos, háblame de ti.

—No hay mucho que decir —responde Alain rehuyendo al tema, pero dando una respuesta que intenta satisfacer la curiosidad de su amigo—. Luego de que casi me matan, decidí cambiar de rubro y hacer cosas más tranquilas.

—Cuando me dijeron que habías preguntado por mí —continúa Jason, haciéndole saber que está bien informado, que cualquier conversación en la que se le nombre llegará siempre a sus oídos—, me sorprendí bastante. Desapareciste sin decir nada, eso puso a mucha gente nerviosa.

—Si hubiera dicho algo —aclara Alain, sonriendo cuando el camarero le trae la bebida—, no me hubieran dejado desaparecer.

—Tal vez… —dice Jason pensativo—. ¿Por qué has vuelto entonces? Supongo que no has venido solo a tomar una cerveza —dice Jason mirándolo fijo—. ¿Qué necesitas?

—Necesito información sobre el Anillo Negro —dice Alain sin rodeos. Está aquí para averiguar sobre los perseguidores de Ainara y ya ha hablado bastante, es momento de ir por lo que vino.

—¿Qué quieres con esa gente? —pregunta Jason sorprendido y quizás preocupado—. Es peligroso relacionarse con ellos.

—No quiero relacionarme con ellos —lo corrige Alain—, quiero saber de ellos.

—No hay nada que saber —contesta Jason, que tampoco quiere relacionarse con el Anillo Negro—, nadie sabe nada. No sé quién es el jefe, ni cómo obtienen su información. Porque a eso se dedican, al tráfico de información, o al menos es para lo que los contacté en su momento. Pero no fue una buena experiencia.

—¿Por qué? —pregunta Alain, intrigado por esa aclaración—. ¿La información no fue buena?

—No —explica Jason—, la información fue excelente, no fue eso. Pero estuve dos meses sin salir de casa. Cada vez que lo hacía, sentía que había alguien detrás de mí. Había coches oscuros que me seguían de cerca. Hombres de traje y lentes negros que se paraban a observarme; nunca me sentí tan paranoico en mi vida.

—¿Y eso por qué? —pregunta Alain, que empieza a entender que el alcance de esa organización puede ser mayor de lo esperado.

—No lo sé —repone Jason, reflexionando—, nunca lo entendí. Pero hablé con otros a los que le sucedió lo mismo. Es como hacer un pacto con el diablo. Recuerdo que cuando realicé la transacción me advirtieron que no le dijera nada a nadie de ellos, porque moriría al instante.

—Bueno —dice Alain—, les gusta la discreción. Por eso me ha resultado tan difícil averiguar algo sobre ellos. Si tú no sabes nada, dime quién puede saber.

—Ya te lo dije —contesta Jason, continuando con lo mismo—, nadie sabe nada.

—Pero tú los contactaste —insiste Alain, sabiendo que es parte del juego, debe casi suplicar para obtener una respuesta—. Dime, por favor, con quién debo hablar.

—Tengo un contacto —dice al fin Jason y mira hacia los lados—, pero no puedes presentarte ante él y preguntarle por el Anillo Negro. Es parte de eso. Si vas con él, debes comprarle información. Como te dije antes, seguramente hacen alguna otra cosa, quizás lavado de dinero, pero yo solo les compré información.

—Tú dame el contacto —insiste Alain ya cansado de tantas vueltas—. Yo veré qué hago luego.

Jason se alza de hombros y toma su móvil. Busca el contacto y, cuando lo encuentra, deja el aparato sobre la mesa frente a Alain. Él mira el teléfono de su amigo y copia los datos en el suyo. Está agendado como «Roger info.».

—Ten cuidado, Alain —dice Jason y luego sonríe—. Y si sales con vida, vuelve a visitarme, siempre hay mucha mercancía nueva para mover.

—Lo tendré en cuenta —dice Alain mientras guarda su móvil. Seguro que piensa en salir con vida, pero no en volver a visitarlo—. Pero dudo de que vuelva a hacer ese tipo de negocios.

Alain choca puños con Jason para despedirse y se

levanta para salir. Mientras camina hacia la salida, piensa en las palabras de Jason: «… no puedes presentarte ante él y preguntarle por el Anillo Negro».

—Claro que no lo haré —se dice Alain a sí mismo—, pero conozco una chica que puede hacerlo.

18

ESTÁ HECHO

BÚNKER DE ANDREW, Manhattan
Jueves, 7 de mayo, 11:10 a. m.

ANDREW VUELVE de la cocina con un café en la mano. Él pensaba tener resultados positivos ayer por la noche sobre la información que sacó del banco. Sin embargo, las cosas no fueron como imaginaba. Resultó ser que los datos que logró capturar no solo eran muchos y muy variados, sino que parte del material estaba encriptado. Cuando advirtió esto, tuvo que cambiar de estrategia y ponerse a resolver el tema de la encriptación primero. Cuando al fin encontró la clave para descifrar esa información, recién entonces pudo analizar el conjunto con sus aplicaciones de estadísticas y patrones.

Llega hasta su escritorio y apoya el café en la mesa. Se sienta y ve en la pantalla que la última aplicación ha terminado de correr. Da un clic en esa aplicación y aparecen los resultados. Lo primero que encuentra es que muchas de las transferencias entre empresas hacen lo que se llama un rulo. El dinero empieza en un lugar, pasa por distintos sitios, en donde se cobran diferentes tasas, y termina en la empresa de origen bajo otra nomenclatura. Es lo típico del lavado de dinero. Andrew confirma lo que suponía desde el principio.

Por otro lado, investigó a cada una de las empresas que aparecen en las transacciones. La mayoría estaban conformadas por otras empresas. Así que fue necesario investigar también a esas otras, que muchas veces eran las mismas. Siguió penetrando en esta red que, como un laberinto, llevaba una y otra vez hasta callejones sin salida, hasta que de a poco fueron apareciendo nombres de personas. Obtuvo cerca de mil nombres de accionistas dispersos en la maraña de empresas. De esos, hubo cien que se repetían más de dos veces. De esos cien, tomó a los diez que más se repetían y armó una lista.

—Estos son los que manejan todo —se dice Andrew a sí mismo.

Copia esa lista y se la envía a sus compañeros, tal vez alguno los conozca. Él apuesta a que, entre esos nombres, se halla el autor intelectual de los ataques, solo deben identificar cuál es.

Oficinas del FBI, Manhattan
Jueves, 7 de mayo, 11:40 a. m.

• • •

Freddy recibió la lista de nombres y se puso a buscar antecedentes. Tres de esos diez están acusados de estafas y desfalcos, pero ninguno tiene ninguna condena ni relación con crímenes violentos. Pese a esto, hay un par de nombres, en apariencia limpios, que él cree haber escuchado antes. Tendrá que investigarlos más a fondo para ver si realmente hay algo allí. Por el momento no puede hacerlo, porque está respondiendo a las preguntas que le hace el agente Smith.

—¿Qué encontraste sobre ese banco? —pregunta el jefe. Le gustaría comenzar a hacer interrogatorios, pero sabe que no puede hacerlo. Por ahora no tiene nada. Un hombre desconocido que sale del banco corriendo sin que nadie lo vea no alcanza para una orden de allanamiento. Además, debe andar con cautela. Su nueva persecución contra Ainara llegó a oídos de sus superiores, por lo que hace una hora recibió una llamada diciéndole que no se meta en problemas, que si comete otro error como el de la última vez, puede comenzar a despedirse de su placa.

—Nada firme, jefe —responde Freddy sin mirarlo. Está sentado frente a su ordenador, observando la pantalla, y lo tiene a Smith parado a su lado. Busca la forma de hacer que el FBI trabaje para la agenda del equipo de Ainara—. Pero apareció algo sugerente, no sé qué tan importante pueda ser.

—Dime qué tienes —le ordena Smith, inclinándose sobre él para mirar qué está viendo.

—Es que el banco —explica señalando en la pantalla una línea donde se ve a los accionistas— pertenece a este fondo de inversión llamado Alfil Negro. Cuando leí esto, recordé que ya había visto este nombre.

—¿Dónde? —pregunta el agente Smith.

—Aquí —dice Freddy, que ha cambiado de pantalla y muestra una que hace referencia a T&T—. Esta empresa era dueña de la camioneta que atacó a Ainara en el puente de Brooklyn. También pertenece al mismo fondo de inversión. Pero, por si pudiera parecer una casualidad, también encontré esto —entonces Freddy cambia otra vez de página—. «Peón 8», el laboratorio contratista de la Policía que se llevó la camioneta, también pertenece al «Alfil Negro».

—Sí —dice Smith—, son demasiadas casualidades.

—Si me arriesgo a teorizar —dice Freddy simulando que especula, cuando en realidad sabe perfectamente de lo que está hablando—, creo que Ainara Pons está llevando adelante una guerra personal contra el Alfil Negro.

—Puede ser —aprueba Smith—. ¿Pero por qué? ¿Qué hay entre Ainara y un grupo tan poderoso?

—No sé, jefe —dice Freddy, que en realidad no lo sabe, y de eso se trata todo esto, de descubrir por qué la quieren matar—. Pero también tengo una teoría sobre eso.

—Okey —dice Smith enderezándose—. Ilústrame.

—Por lo que hemos sabido de Ainara en todos estos años —explica Freddy, arriesgándose con una teoría que justifique el accionar de Ainara—. No es una criminal común. No es una asesina a sueldo ni una ladrona. Es una especie de justiciera, quizás una cazarrecompensas. Nunca ha lastimado a ningún inocente, en cambio, todos los que cayeron bajo su fuego han sido terribles asesinos. Es probable que se haya ido tras algún miembro de ese fondo de inversión y ahora estén tras ella.

—Muy romántica tu descripción de Ainara —dice Smith algo molesto. Sigue sintiendo que Freddy le guarda algo de aprecio—, pero aunque tengas razón, y solo mate a los malos, no es ni juez ni jurado. No puede dictar sentencias y, menos aún, ejecutarlas. Para que te quedes tranquilo, cuando la atrape, alegaré lo que me has dicho en su juicio para que tengan piedad de ella. Es una criminal como los demás, Tanaka. Que no se te olvide.

—No lo olvido, jefe —responde Freddy satisfecho. Ha hecho que Smith admita que Ainara solo va contra los malos. Que su jefe sea consciente de eso es mucho—. No lo olvido.

El SoHo, Manhattan
Jueves, 7 de mayo, 11:55 a. m.

ALAIN LE HA MANDADO un mensaje de WhatsApp hace una hora al contacto que le pasó Jason. Hasta el momento no ha tenido respuesta. Solo ha escrito que se llamaba Alain y que quería obtener información.

Le suena el móvil mientras camina por la calle y lo revisa. Es la respuesta que esperaba del tal Roger.

—¿Información sobre qué? —Es el texto que aparece en la pantalla del móvil. Alain piensa un instante sobre qué excusa darle y luego escribe.

—No voy a decirlo por aquí —teclea Alain—, lo hablaremos en persona.

—Dime tu nombre completo —dice el siguiente mensaje.

—Con Alain es suficiente —responde—. De todos modos, no seré yo quien vaya. Irá mi novia, Any.

Luego de esto, los mensajes cesan. Roger no responde nada. Alain se impacienta, pero hizo lo que tenía que hacer. No podía dar su apellido y menos el de Ainara. De todos modos, no es algo extraño lo que ha hecho. En este tipo de negocios, no siempre se usa el nombre real.

El teléfono vuelve a sonar y Alain puede leer la respuesta. Es una dirección y un horario.

—Perfecto —dice Alain en voz alta luego de confirmar el encuentro—. Está hecho.

19

EL AJEDRECISTA

ALGÚN LUGAR DE BROOKLYN, Nueva York
Jueves, 7 de mayo, 10:40 p. m.

LLEGO en mi camioneta hasta el lugar acordado por
Alain con el tal Roger. Junior se encargó de que reparen
los cristales, pero no pudo hacer nada con los orificios de
bala. Le dijeron que eso llevaría tiempo, un tiempo que
no tenía. Esta vez dejé a Bob en el búnker de Andrew, no
quería abandonarlo solo otra vez en el vehículo, nunca sé
si podré volver a buscarlo. Tampoco dejé que Alain me
acompañara a pesar de lo mucho que me insistió. Por lo
que me dijo sobre lo averiguado del Anillo Negro, eran
muy peligrosos y no quería exponer a mi equipo. Una
cosa fue la incursión al banco, en la que los tomamos por
sorpresa, y otra muy distinta es un encuentro directo y
acordado. No tengo dudas de que estarán esperándome
bien preparados. Lo único que tengo a favor es que no

saben quién soy. Mientras sigan las cosas así, creo que no tendré problemas. Me dijeron por mensaje que espere una señal, así que permanezco sin salir del vehículo. Me entra un mensaje. Me pasaron una nueva dirección. La pongo en el GPS del móvil y voy hacia allá, no es muy lejos. Esta gente se toma la seguridad en serio. Me llevan de un lugar a otro para verificar que no me esté siguiendo nadie. Si hubiera venido Alain detrás de mí, lo habrían descubierto y no habríamos llegado a nada.

Llego a donde me dijeron. Estoy en una zona portuaria de la bahía Gravesend, cerca de Coney Island. Pensaba dejar la camioneta a un par de calles para que no la vean, ya me encontraron una vez cuando la manejaba y no quería correr el riesgo de que la reconozcan. Sin embargo, el cambio de dirección me dice que me están vigilando, ya no tiene sentido esconder el vehículo. Me entra un nuevo mensaje.

—Ve a la puerta en la dirección que te dimos y entra.

Bajo de la camioneta. Camino hasta la dirección indicada y llego a una puerta de metal negra iluminada por una pequeña luz. Veo que la puerta no está del todo cerrada. Apoyo mi mano en el metal y empujo. Al abrirse por completo, se deja ver un enorme depósito lleno de contenedores. Debe ser la entrada trasera, en el otro extremo debe haber una gran entrada de camiones. El sitio está en penumbras. Se ve luz al final de un corredor formado por dos contenedores. Camino hacia allí. Llego hasta un lugar despejado. Una bombilla encendida pende de un largo cable a la altura de mi cabeza. Me detengo junto a ella, la debo esquivar para no golpearla y miro a mi alrededor. Escucho un sonido a mis espaldas y giro. De entre las sombras sale un hombre, caminando en mi dirección. Está vestido de manera informal, con *jeans*, zapatillas y chaqueta de cuero. Tiene alrededor de cuarenta años, cabello largo estilo roquero y un cigarrillo encendido. Se detiene a un metro y medio de donde estoy parada. Arroja el cigarrillo al suelo y lo pisa.

—Hola, «Any» —me saluda poniendo un extraño énfasis en el nombre que le dio Alain, como si dudara de mi identidad—. ¿En qué puedo ayudarte?

—Hola, Roger. Me dijeron que podías darme información —le respondo—. ¿Es así?

—Por supuesto —contesta Roger—. Si pagas el precio adecuado, puedo darte la información que necesites.

—Puedo pagar lo que sea necesario —contesto mostrando mi móvil—. Dependiendo del precio, puedo hacerlo en efectivo aquí mismo o transferirte lo que me pidas.

—Bien —responde el hombre, aprobando mi propuesta de pagar con transferencia si el precio es muy elevado, así que podemos avanzar—. Pregunta...

—Quiero que me digas todo lo que sabes del Anillo Negro —digo yendo directo al hueso. Ya estoy aquí y debo aprovechar esta oportunidad.

—¡Oh! Bien —dice el hombre y lanza una carcajada—. De tantas cosas que podrías preguntar, optaste por la más difícil. Pero como dije antes, si pagas el precio adecuado...

—¿Cuál es el precio? —pregunto.

—Son cinco mil dólares —dice Roger.

Lo miro y levanto una ceja. El precio es claramente excesivo. Tengo solo dos mil en efectivo. Él me mira, sonriendo.

—Envíame el enlace para transferirte —le pido. Tengo conmigo el móvil de Alain, es al que me enviaron los mensajes para llegar aquí, así que ya tiene mi número.

El hombre me envía el enlace y le transfiero el dinero de la cuenta que tenemos para estos casos. Él observa su móvil y, una vez que comprueba que la transacción fue exitosa, guarda el aparato y me vuelve a mirar.

—El Anillo Negro —dice Roger— es una organización con la que nunca deberías meterte. Se dedica principalmente al tráfico de información y al lavado de dinero. Tiene una red de empresas, bancos y fondos de inversión entre los que se puede hacer la transacción que quieras. Traer o sacar dinero del país, pagar montos que nunca podrías justificar o cobrar cantidades que, de otra manera, el fisco no te permitiría mover, cayéndote encima. A su vez, tiene un sistema de vigilancia que le permite saber dónde se encuentra alguien en todo momento. No solo eso, sino que puede decirte todo lo que quieras sobre esa persona, desde sus movimientos financieros hasta su historial médico. Además, utilizan sus conexiones y su experiencia en el mundo del espionaje para obtener y vender secretos gubernamentales, tecnología avanzada y planes estratégicos a los interesados más oscuros y peligrosos.

Luego de decir esto, el hombre hace silencio y se queda mirándome.

—Okey —digo entonces al darme cuenta de que no

me va a decir más. Si bien me aclara algunas cosas y confirma otras, todavía no tengo lo que vine a buscar—. Pero esta información no vale cinco mil dólares. Dime quién es el jefe y dónde encontrarlo, con eso podría decirte que mi dinero valió la pena.

—No te puedo decir el nombre real porque nadie lo sabe —me explica Roger—, pero todos lo conocen como «el Ajedrecista». El nombre verdadero no lo conseguirás ni con todo el dinero del mundo.

El Ajedrecista. Esto confirma todo lo que habíamos supuesto, estamos acercándonos. Tengo que encontrar la forma de conseguir ese nombre. Si bien Roger no me puede dar esta información, tal vez haya algo más que me pueda decir.

—Ya que no puedes responderme lo que necesito —le digo—, tengo una consulta más para hacerte. ¿Cuál es la relación del Anillo Negro con el Anillo? Puedo pagar más si es necesario.

El hombre en ese momento se lleva la mano cerca de la sien. Recién entonces noto que bajo el cabello, en el oído, tiene un pequeño auricular. Está claro que no anda solo, alguien se comunica con él, alguien me estuvo siguiendo.

—No te preocupes por el dinero —dice el hombre con una sonrisa que no me gusta nada—, el precio por tu cabeza cubre todos los gastos, Ainara Pons.

20

¿ERES TÚ?

Bahía Gravesend, Nueva York
Jueves, 7 de mayo, - 11:00 p. m.

Al escuchar mi nombre me quedo sin palabras, todo parecía estar bien hasta el momento. Supongo que llegó la hora de sacar mi arma y salir de ahí a los tiros. Pero aún no me respondió sobre el Anillo, necesito esa respuesta.

—La verdad —dice Roger con una sonrisa llena de soberbia—, no sé si eres estúpida o estás totalmente loca. ¿Cómo te atreviste a presentarte así? ¿Pensabas que no te reconocería? Todo el Anillo Negro está buscándote.

No le digo nada, solo escucho, esperando que suelte la lengua y me diga lo que quiero.

—Y yo te encontré —prosigue al ver que sigo callada. Creo que pretende ufanarse de su gran logro—. En cuanto te vi entrar, avisé de que te tenía. Solo te entretuve hasta que llegara mi gente. Me acaban de avisar que ya están aquí.

—Pensé que había un código —contesto mientras vuelvo a pensar que ya es el momento de sacar mi arma, pero aún no me ha respondido—. No creo que sea bueno para tus negocios que ataques a la gente que te contrata.

—El precio por tu cabeza es de doscientos cincuenta mil dólares —contesta él sonriendo—. Ese dinero es muy bueno para mi negocio, y además, con esto, todos sabrán que conmigo no se juega, que quien intente engañarme terminará mal.

—Como cortesía entonces —digo; es mi último intento—. ¿Cuál es la relación entre el Anillo Negro y el Anillo?

Roger suspira como agotado y me mira. Luego mira a su alrededor cuando se escuchan movimientos. Observo que de las sombras entra una docena de hombres armados. Recién entonces vuelve a mirarme y da dos pasos adelante para pararse a escasos treinta centímetros de mí. Se inclina hasta susurrarme al oído.

—El Anillo Negro es una rama del Anillo —me dice, lo que me produce un escalofrío. Sabía que el Anillo estaba detrás de todo, pero necesitaba esa confirmación —. El resto de las ramas del Anillo nos encargaron que acabemos contigo.

Eso es todo lo que necesitaba oír. Reacciono rápido, tomándolo bruscamente por el cuello, y lo pongo delante de mí como escudo humano. Mientras lo sostengo contra mi cuerpo, estrangulándolo con el brazo derecho, con la mano izquierda saco la Magnum de la cintura y se la pongo en la cabeza. Los hombres que nos rodean me apuntan y Roger les grita mientras yo los observo con detenimiento, no sé cómo reaccionarán.

—Esperen —dice desesperado mientras alza los brazos—, no disparen.

—En serio —dice uno de los hombres que no deja de apuntarnos—, ¿cuánto pensabas pagarnos? Como yo lo veo, sin ti, tenemos más de diez mil dólares para cada uno.

Comprendo lo que está pasando y me doy cuenta de que este escudo no me protegerá mucho tiempo. Los hombres se miran entre ellos y sonríen. La decisión está tomada, pronto lloverán las balas. Entonces, con mi arma, le doy un golpe a la bombilla que la hace estallar, quedando totalmente a oscuras. Casi al mismo tiempo, suelto a Roger y me arrojo al suelo. Aún no caigo por completo en la cuenta de que los disparos suenan sobre mí en una ráfaga sin orden ni cuidado. Era lo que imaginaba. El destino de Roger estaba decidido. Al llegar al suelo escucho sus quejidos, nada más. Un líquido caliente me salpica el rostro. La luz de los fogonazos dibuja el contorno de una figura humana, que se sacude como un muñeco al recibir decenas de disparos. No espero a que el cuerpo se desplome y ya me arrastro fuera del punto al que se dirigen todos los proyectiles. El fuego comienza a ceder y escucho al cuerpo de Roger caer, pesado, al suelo. Continúo alejándome sin saber hacia dónde, lo importante es apartarme hasta encontrar un lugar seguro para empezar a devolver el fuego.

—Enciendan la luz —grita uno, que por su voz parece ser el mismo que habló antes y que ahora se ha convertido en el líder.

Debo apresurarme. Empiezo a gatear y, al no escuchar más balas, me pongo de pie y comienzo a correr a ciegas. Choco contra una pared de metal. Es uno de los contenedores. El poco ruido que hice al dar ese golpe fue suficiente para que los disparos vuelvan a sonar en mi dirección. Afortunadamente, lejos aún de mí, solo uno impactó cerca de mis pies. Voy tanteando la pared hasta encontrar un borde. Lo rodeo y, extendiendo las manos a mis lados, compruebo que me encuentro en un corredor formado por otros dos contenedores. Empiezo a correr por allí sin saber si conduce a algún lado. Vuelvo a chocar. Otra vez tanteo, y encuentro una salida a la izquierda. Voy hacia allí. Con una mano recorro la pared de metal como mi única guía y con la otra extendida hacia adelante, la que sostiene mi Magnum, me cuido de no chocar contra nada. Escucho un sonido eléctrico y las luces se encienden. Ahora veo dónde estoy.

—¡Allá! —grita alguien y giro la cabeza para mirar atrás. Veo que a mis espaldas quedó el espacio abierto y desde allí un hombre me dispara con su pistola. El tiro da a mi lado contra el metal y corro hasta salir de su vista. Es un laberinto de pasillos creado por los contenedores. Me meto por uno muy estrecho por el que solo puedo pasar de lado. Cuando estoy por llegar al extremo, escucho a alguien acercarse a la entrada. Soy un blanco fácil, así que con el arma, que sostengo en la mano que dejé atrás, comienzo a disparar hacia donde escuché el ruido. Lo continúo haciendo hasta llegar al final y salir de esa trampa. Recién entonces me devuelven los disparos, pero ya no quedo a la vista. Doy tres pasos y estoy en el siguiente corredor, giro para entrar allí y me encuentro con un hombre de frente a menos de un metro. Me intenta apuntar con su arma. Le pegó en el brazo, desviando un tiro que pasa por un costado. De inmediato, le disparo dándole en el pecho. Otro tiro suena sobre mi cabeza y pulso el gatillo sin mirar, hacia donde creo que está mi atacante. Me lanzo hacia adelante sin saber a dónde diablos me dirijo. Otro corredor por el que me muevo; ya no corro, no tiene sentido si no sé hacia dónde voy. Otro hombre aparece de la nada a mi lado y le pateo los testículos. Aun así, intenta apuntarme, pero no le doy tiempo. Le disparo en la cara y cae hacia atrás con el rostro destrozado. Escucho ruidos por todos lados mientras camino buscando la salida. Sigo atenta a quien pueda aparecer y comienzo a desesperarme.

—Así no saldré nunca —me digo frustrada y miro hacia arriba. Hay varios contenedores a varios metros del suelo, y si logro subir en alguno, podré ver dónde estoy. Así que guardo mi arma en la cintura y me trepo como puedo. Como el pasillo es angosto, me ayudo apoyando una pierna en la pared metálica de enfrente. Alcanzo la cima. Me pongo de pie sobre el contenedor y escucho un disparo. Veo que no soy la única que tuvo esa idea. Hay al menos tres hombres allí arriba, tratando de cazarme. Saco el arma y les disparo sin apuntar demasiado. Vuelvo a bajar, descolgándome como un simio torpe hasta caer al suelo. Creo que le di a uno allí arriba, pero los otros ya saben dónde estoy.

—La tengo —dice uno de los que me vio.

Corro nuevamente, debo despistarlos. Veo a otro hombre adelante y le disparo. Le doy en el primer intento y cae. Escucho otro tiro y siento un ardor en el hombro. Giro y devuelvo el fuego, dando en las paredes de metal. Ahora los tiros vienen del lado opuesto, así que vuelvo a girar y disparo otra vez; estoy rodeada. Me disparan de ambos lados. Me voy contra la pared para cubrirme como puedo. Siento que la pared cede.

—¡Qué diablos! —exclamo y caigo dentro de un contenedor. Esa pared era una puerta lateral que estaba abierta. El lugar está a oscuras, solo iluminado por la luz que entra por la puerta. El cubículo está vacío. No tengo donde resguardarme y ya no puedo salir, deben estar llegando a la puerta. Intento ponerme de pie, pero resbalo. Palpo el suelo y siento algo viscoso tipo aceite. Así que, patinando, camino hasta el fondo. No hay salida.

—Por aquí. —Escucho las voces fuera del contenedor, acercándose.

Me arde el hombro. Miro mi arma y me quedan tres balas. Los tres primeros que entren por esa puerta caerán como moscas, pero luego de eso estoy pérdida. Tengo munición para recargar. Si lo hago con la suficiente rapidez, tal vez tenga una oportunidad. ¿A quién engaño? Si mis cuentas no fallan, hay al menos nueve hombres allí afuera esperando para ultimarme. No podré con todos. Me llevaré a los que pueda y adiós. Corro hasta el rincón más oscuro y me siento en el suelo. Pienso en el equipo, debo avisarles. Saco el teléfono, no tengo señal.

—¡Maldición!

No importa, dejaré un mensaje de voz en el grupo, tal vez el teléfono llegue a sus manos o el mensaje pueda salir.

—Estoy atrapada en un contenedor en la dirección

que les pasé, no creo que pueda escapar. El Anillo Negro es una rama del Anillo. Su líder se hace llamar el Ajedrecista.

Dos brazos armados se asoman sin mirar y comienzan a disparar. Envío el mensaje y guardo el teléfono para disparar también. Le doy a uno de los brazos. Vuelvo a cargar mi arma. Me quedan unos minutos de vida. Otra vez veo armas que se asoman y largan una balacera a ciegas. Yo también tiro hasta vaciar el cargador. A alguno le debo haber dado, ya no lo sé. En la próxima ronda no podré responder, se darán cuenta de que no tengo munición y todo acabará. Miro mi arma por última vez y la dejo en el suelo a un costado. Si creyera en Dios, este sería el momento de arreglar cuentas con Él, pedir perdón y esperar ser bien tratada al otro lado. Pero no creo en nada, así que solo puedo esperar que con mi fin mis amigos se liberen de todo peligro. Veo asomarse las armas y disparar. Ahora que no devuelvo el fuego me doy cuenta de cómo retumban los tiros aquí adentro. Respiro profundo, estoy lista.

Escucho el sonido eléctrico de la iluminación y la luz de afuera se apaga. ¿Ahora qué? Tal vez no quieren que los vea entrar. Terminen esto de una vez.

Suenan disparos. Son distintos, parece una ametralladora. Ahora son muchos estruendos y gritos incomprensibles. En la oscuridad absoluta veo cada tanto algún reflejo de los fogonazos. ¿Qué está pasando? Recojo mi arma, la guardo en la cintura y me pongo de pie. Me acerco despacio para no resbalar a la salida. Escucho una última ráfaga de ametralladora y luego silencio. Permanezco unos instantes a un costado de la puerta. Mi vista se está acostumbrando a la oscuridad y veo unos bultos en el suelo. Agudizo mi visión lo más que puedo, son dos cuerpos. Entonces me asomo. Veo sombras, todo está quieto. Además, descubro la silueta de un hombre, que parece estar de espaldas con una ametralladora en la mano. Gira para verme. Yo me quedo quieta. ¿Qué otra cosa podría hacer? Parece tener una especie de máscara. ¿Quién diablos es este? Comienza a caminar hacia mí. Sí, tiene una máscara de tipo militar para ver en la noche, no sé quién es ni lo que quiere. Me mantengo firme. Si es otro cazarrecompensas que viene por mí, se lo haré sencillo, ya no tengo fuerzas. El hombre se detiene a menos de un metro. Sin dejar la ametralladora, con la otra mano, se quita la máscara. Está muy oscuro, no llego a ver sus rasgos.

—Hola, Ainara —dice y su voz me resulta muy conocida—. Qué bueno verte.

Extiendo mi mano para tocarle el rostro, apenas visible. ¡No lo puedo creer!

—¿Eres tú?

21

BENNETT

Bahía Gravesend, Nueva York
Jueves, 7 de mayo, 11:15 p. m.

—Sí, soy yo —me responde el hombre que hasta hace un momento resultaba un misterio.

—Peter —le digo con la voz quebrada y en un tono apenas audible. Me lanzo hacia él y lo abrazo. Al principio con fuerza. Luego, cuando rompo en llanto, me aflojo de tal manera que debe sostenerme para no caer. Es Peter Bennett, uno de los hombres más importantes de mi vida. Alguien que confiaba en mí y me protegió hasta el último momento, cuando lo defraudé tomando una decisión que cambió nuestras vidas para siempre. Era mi compañero en el FBI, fue quien me cubrió cuando ajusticié al líder del Anillo. Fue quien me suplicó que no diera el paso que me pondría al otro lado de la ley, el que me convertiría en fugitiva para siempre. No le hice caso. Ante sus ojos, ejecuté al jefe de la mafia china que había asesinado a una gran amiga mía e intentado matar a Kim. Luego de eso, nuestros caminos se separaron. Yo debí escapar y él renunció al FBI para desaparecer del radar, hasta ahora. Todos esos recuerdos me estremecen mientras me sostiene con sus brazos fuertes. Aún hoy, luego de tantos años, reaparece para protegerme. Aquí en la oscuridad, rodeada de cadáveres, siento que es el único lugar donde quiero estar. Escuchando el corazón en este pecho que me cobija. Parece un sueño o, más bien, una pesadilla que se convierte en un mejor sueño.

—Debemos irnos —dice Peter, sacándome de la ensoñación en la que había caído. No podemos permanecer aquí, pueden venir más sicarios o llegar la policía. Debemos evitar cualquiera de las dos cosas.

—Sí —respondo, pero a pesar de entender que tenemos que actuar rápido, me quedo apretada contra su cuerpo, tratando de estirar ese momento lo más posible. Él lo nota y no me suelta. Con el brazo derecho, me mantiene abrazada, y con la mano izquierda, se pone la máscara para ver el camino.

Comenzamos a caminar por el laberinto. Yo sigo acurrucada contra su cuerpo. Es raro sentirme así. Es la primera vez en muchos años que me siento frágil y que disfruto del cobijo de un hombre a mi lado. No sé si fue porque esta vez realmente creí que moriría, o si es que despertaron de repente sentimientos reprimidos hacia Peter. Más de una vez estuvimos a punto de concretar una relación mayor a la del compañerismo, pero por una cosa u otra, eso nunca se dio. Supongo que siempre priorizamos el cuidarnos, y el miedo a hacernos daño fue más fuerte que el deseo. Sin embargo, el cariño mutuo siempre estuvo y, en este momento, ha asomado todo junto en una explosión de emoción. Al menos de mi parte. No tengo idea de lo que ocurre en su mente o su corazón, pero tampoco me importa. En este instante, solo quiero seguir así.

—Por aquí —dice Peter mientras debemos levantar las piernas para pasar por encima de un cuerpo inerte. Recién entonces siento que me golpea en la espalda el metal de la ametralladora que Peter lleva colgada de su hombro. Salimos al espacio sin contenedores en el que me había reunido con Roger. Puedo verlo como un bulto negro en el suelo. Las lágrimas en los ojos me dificultan aún más la visión, por lo que me las seco con la manga de mi sudadera. Pasamos al lado del cadáver de Roger y avanzamos hacia el corredor que da a la salida. Peter abre la puerta y salimos. A pocos metros hay un coche, vamos hasta él. Al llegar, Peter apoya la máscara en el techo del vehículo y me suelta, solo para pararse frente a mí y tomarme de los hombros.

—¿Estás bien? —me pregunta y de inmediato levanta la mano derecha al sentir la sangre en mi hombro izquierdo—. Estás herida.

—No es nada —respondo ya con la voz más entera y sin lágrimas—, apenas un rasguño.

—Espera —me dice y se da vuelta. Se quita la ametralladora del hombro y también la deja sobre el techo del coche. Abre la puerta del acompañante y mete medio cuerpo adentro. Saca de la guantera un líquido antiséptico y una caja de plástico. Destapa el frasco y echa el líquido sobre mi hombro. Toma de la caja gasas, que aplica con cuidado sobre la herida, y luego utiliza cinta para ajustarlas.

—Ya está —dice satisfecho mientras me mira de arriba abajo para comprobar que no tenga ninguna otra herida—. Debemos irnos de aquí.

Recoge las cosas que dejó en el techo y camina hacia la parte trasera del coche. Yo lo sigo. Abre el maletero y me sorprendo. Tiene allí un arsenal como hacía mucho tiempo no veía. Rifles, pistolas, granadas y hasta lo que parece un lanzallamas. Arroja la máscara y la ametralladora dentro, y cierra el baúl.

—Vamos —dice y ambos volvemos hacia la parte delantera. Cada uno por su lado, entramos al sedán gris y Peter enciende el motor—. ¿Hacia dónde?

Lo miro y tardo en reaccionar. Actúa como si no acabáramos de salir de un tiroteo, como si hubiéramos estado juntos hasta ayer. Casi parece que me veo a mí misma.

—Dirígete al SoHo —le digo pensando en el búnker de Andrew. Ahora que ya recobré la compostura, tengo mil preguntas para hacerle, así que las resumo en dos palabras—. Habla ya.

Peter me mira y sonríe. Había olvidado su sonrisa, nunca la usó demasiado.

—Cuando te fuiste —comienza a hablar mientras conduce—, debí tomar una decisión importante. Luego de que me sometiera a una dura investigación para comprobar que no fui tu cómplice. Comprendí que si no te perseguía hasta atraparte, nadie volvería a confiar en mí. Todos sabían de mi afecto por ti y dudaban de mi lealtad hacia el FBI en una situación como esa. A esto se sumó que comencé a dudar de nuestro jefe. Por lo que supe luego, cuando tú te encargaste de él, mis dudas estaban bien fundadas. La cuestión es que debí renunciar al FBI, no podía continuar allí. Fue luego de unos meses en los que estuve en Florida en una especie de retiro, pensando en lo que haría con mi vida. Se me ocurrió que podía desempeñarme como detective privado. Lo hice durante unos meses hasta que escuché rumores. Llegó a mis oídos que el Anillo seguía activo. Al principio no lo creí, pero comencé a investigar y descubrí que era cierto. Luego de todo lo que pasamos, las pérdidas que tuvimos, los amigos que se fueron y los compañeros que nos traicionaron, no podía creer que esos cerdos siguieran como si nada. Lo tomé como una cruzada personal. Me dediqué a seguir cada pista que me indicara algo de ellos. Incluso me acerqué a Dexter.

—¿En serio? —le pregunto sorprendida. Hasta que mencionó a Dexter, venía siguiendo su historia con atención. Pero el que nombre a nuestro amigo fallecido, el padre de Alain, me sacudió por completo.

—Sí —contesta Peter como haciendo memoria—. Trabajamos juntos en la investigación que lo llevó a la muerte. Luego de eso, pasé a la clandestinidad. Si habían logrado acabar con Dexter, estaba seguro de que el próximo sería yo. Me cambié el nombre y busqué infiltrarme en el Anillo. Tuve que hacer cosas que no me enorgullecen para entrar, pero lo hice. Ingresé en la empresa T&T y fui escalando como «peón».

—¿Peón? —lo interrumpo.

—Sí —me contesta—. Es el rango más bajo de la

carrera criminal dentro de esta facción del Anillo conocida como el Anillo Negro. Me mantuve como «peón»
porque para llegar a «caballo» era necesario que empe-
zara a matar gente. Los peones se encargan de vigilancia,
espionaje y delitos menores. Hace dos días me enteré de
que había un contrato por tu cabeza. Desde entonces,
estaba tratando de encontrarte para advertirte. Hace un
rato, tomando un trago con uno de los «caballos», este
recibió una llamada con la orden de que viniera a
ayudar con tu ejecución. Tuve que acabar con él para
obtener la información exacta y, por lo que vi, llegué
justo a tiempo.

—Sí que lo hiciste —respondo y apoyo mi mano
sobre la suya, que sostiene el volante—. Gracias.

Me da una mirada que no alcanzo a interpretar y
luego vuelve a fijarse en el camino.

—Por suerte, no me han descubierto aún —prosigue
Peter, cambiando de tema—. Por lo que todavía sigo
oficialmente dentro de la organización. Creo que eso está
a nuestro favor y debemos utilizarlo. No se detendrán
hasta atraparte, Ainara. Tenemos, sí o sí, que acabar con
ellos.

—¿Estás diciendo que ahora quieres trabajar
conmigo? —pregunto con un dejo de ironía. Luego de
haberse opuesto a mi lucha personal contra el crimen,
ahora quiere acompañarme en ella.

—Si te parece bien, claro —dice sonriendo al
entender el sentido de mi pregunta.

—Creo que debo presentarte ante el resto del equipo
—le digo—. Ya conoces a la mayoría.

—Me dará gusto volver a ver caras amigas —me dice

—. Será bueno dejar de simular por un rato. Se hace difícil vivir entre criminales y actuar como ellos.

Entiendo lo que me dice, ser un infiltrado lleva tus valores y paciencia al límite. De repente, recuerdo algo que me llamó la atención.

—Me sorprendió el arsenal en tu maletero —le digo intrigada.

—Ya te dije —me responde y me mira, pero no entiendo a qué se refiere—. Trabajé codo a codo con Dexter. De hecho, casi todo lo que viste allí era suyo. Esto lo aprendí de él.

Me suena el móvil. Es Andrew. Me temo que le llegó mi mensaje de despedida.

22

LOBO SOLITARIO

BÚNKER DE ANDREW, Manhattan
Jueves, 7 de mayo, 11:50 p. m.

LLEGAMOS al búnker y toco el timbre. Se escucha el sonido de apertura y empujo la puerta. Apenas ingresamos al corredor, se abre también la puerta de entrada al otro extremo. Al primero que veo es a Bob, que viene corriendo. Detrás de él aparece Kim. Me agacho para saludar a mi bestia negra, que me lame la cara. Lo abrazo con ganas. Luego el perro repara en Peter, que viene detrás de mí y va hacia él. No lo conoce, pero lo olfatea moviendo el rabo. Yo me enderezo.

—Hola, muchacho —dice Peter, inclinándose para acariciar a Bob—. Es un gusto conocerte.

Peter advirtió enseguida que se trataba de otro Bob, uno mucho más joven. Luego de olfatearlo, el perro da media vuelta y vuelve contento hacia la entrada. Aprobó a Peter, o lo reconoció de su vida pasada, no lo sé. Avanzamos y nos recibe Kim.

—Qué susto nos diste, Ainara —dice mi amiga mientras me abraza—. Ese mensaje que enviaste sonó terrible.

—Creí que sería mi último mensaje —respondo y nos soltamos—, pero ya ves, hierba mala nunca muere.

—¿Qué pasó? —me pregunta Kim, esperando explicaciones.

—Un milagro —respondo y lo miro a Peter. Ella también lo mira asombrada, creo que no lo había reconocido hasta ahora.

—Ya veo —dice sin saber muy bien qué hacer. Así que se le acerca y le da un beso en la mejilla—. Pasen.

Caminamos hasta la puerta y entramos. Están todos allí, esperándonos. Cuando recibí la llamada de Andrew en el coche, solo les dije que estaba bien, que ya había salido de la trampa en la que caía y que me dirigía al búnker con un invitado. No expliqué demasiado por teléfono porque hubieran hecho más preguntas que las que hubiera podido responder. Es por eso que están todos sorprendidos.

—¡Peter! —exclama Andrew y le estrecha fuerte la mano.

—Andrew —contesta Peter mientras le pone la otra mano en el hombro. Inmediatamente después se le acerca Junior.

—Qué grata sorpresa —dice Junior, entusiasmado, y también le estrecha la mano con fuerza. Creo que al ver a Peter comenzó a pensar lo mismo que he venido pensando desde que lo invité a venir: que nos vendría bien otro hombre de acción en el equipo. En el banco,

Junior tuvo que tomar ese lugar y sé que no le gustó ni un poco. Por el momento es Alain quien se encarga de esas cosas, ya que los disparos no son el fuerte ni de Andrew ni de Junior, pero a veces no es suficiente. El único que se sentiría cómodo en esa posición sería Freddy, pero está limitado por su pantalla en el FBI. Precisamente es ahora el turno de Freddy para saludar.

Peter mira a un costado y lo ve. Una vez que Junior lo suelta, Peter da un paso hacia su antiguo compañero.

—Qué bueno verte aquí, Tanaka —dice Peter, que permanece quieto frente a Freddy, esperando su reacción.

—Me abandonaste, agente Bennett —dice Freddy con seriedad. Peter no solo había sido su compañero, sino también su mentor cuando Tanaka era un novato. Al irse sin decir nada, Peter lo dejó en una situación complicada, ya que mantenía la relación conmigo casi como un infiltrado en el FBI, sin nadie que lo apoye desde adentro. Primero debió lidiar con nuestro antiguo jefe, que terminó traicionando a todos al trabajar para el Anillo, y luego tuvo que enfrentar al agente Smith, con quien debe hacer una especie de equilibrismo casi a diario. La desaparición de Peter sin dar ninguna explicación, le dio motivos de sobra a Freddy para estar molesto.

—Lo siento, Tanaka. Hice lo que creí mejor para…

Él no lo deja terminar, va hacia él y lo abraza. Peter se sorprende y se emociona, pero responde el abrazo como un padre que contiene a su hijo. Tal vez un padre que se siente culpable por haberlo abandonado.

—Discúlpame, Tanaka —dice Peter cuando

terminan de abrazarse—. Debí haberme comunicado contigo.

Recién entonces Peter repara en Alain, que se encuentra junto a Freddy. Es el único miembro del grupo a quien no conoce.

—Tú —dice Peter mientras le extiende la mano y me mira a mí—. ¿Es el hijo de Dexter?

Vuelve a mirar a Alain.

—Es bueno conocerte —dice Peter.

—¿Conocías a mi padre? —pregunta Alain, que no esperaba ese comentario. De chico había visto a su padre como un héroe, pero luego sus caminos se separaron y ahora estaba tratando de recomponer su imagen para quedarse con un buen recuerdo.

—Ciertamente —responde Peter—. En sus últimos tiempos fuimos muy cercanos. Trabajamos juntos tratando de exponer al Anillo. Me dijo una vez que lo hacía por ti, que no había sido un buen padre, pero que quería dejarte un mundo mejor. Lamentablemente, nos fue bastante mal. Al menos, aparecieron ustedes para equilibrar un poco la balanza.

Alain no contesta nada, las palabras de Peter lo emocionaron y no sabe qué decir.

—Bueno —intervengo al ver que Alain se siente incómodo. Me adelanto y camino hacia el sofá—. No es momento de ponernos nostálgicos. Ya es tarde y tenemos mucho por hacer.

Los demás me siguen y nos acomodamos como podemos. Andrew acerca una silla para Peter.

—Cuéntanos, Peter —le pido, y él sabe a qué me refiero. Quiero saber todo acerca del Anillo.

—Logré infiltrarme hace un tiempo en el Anillo Negro —explica inclinándose hacia adelante—. Es una rama del Anillo que se encarga del tráfico de información, espionaje y lavado de dinero. No sé nada sobre las otras ramas, se mueven todas de manera independiente, sin relación entre ellas. Solo tienen trato a nivel de los jefes, a quienes tampoco nadie conoce. Lo único que sabemos del jefe del Anillo Negro es que lo llaman el Ajedrecista.

Al decir esto, todos nos miramos. Peter nos acaba de confirmar que estábamos en el camino correcto.

—Ya deben haberse dado cuenta ustedes —prosigue — de que los distintos rangos en la organización se clasifican como las piezas del ajedrez.

—En nuestro último enfrentamiento con el Anillo — intervengo porque creo necesario compartir cierta información con Peter para ver qué sabe—, descubrimos que había alguien conocido como el Camaleón. ¿Sabes algo de él?

—Es el jefe del Anillo de Oro —responde Peter y escucho con atención, por fin nos estamos acercando—. En este momento es también el líder general del Anillo, no conozco su verdadero nombre, pero es alguien muy poderoso incluso a nivel político. El Ajedrecista, por el contrario, no está relacionado con la política. He escuchado que hay rivalidad entre las ramas y que siempre están pugnando por alcanzar el liderazgo. De hecho, cazarte a ti, Ainara, era un paso importante para lograr este liderazgo. Dejaste en ridículo al Camaleón y le hiciste perder mucho dinero con el asunto de la energía solar, esto debilitó su posición. Por eso la organización entera está en un momento clave en el que puede haber grandes cambios. Creo que el Ajedrecista está planeando alguna jugada para tomar el mando, y acabar contigo es apenas el primer paso.

—Un paso que no han podido dar —acota Junior para no dejar pasar ese detalle—, y no permitiremos que lo hagan.

—No solo eso —agrega Peter—. Recién acaban de perder más de una docena de hombres, ha sido un golpe duro para ellos.

—En total, han perdido como veinte —añade Alain y me mira—. Cuatro en tu piso, uno en el *parking* del centro comercial y otro más en el primer ataque en el puente de Brooklyn. Yo que ellos, comenzaría a ponerme nervioso.

—Es probable que ese sea el camino —continúa Peter, pensativo—. Si logramos seguir golpeando, el Ajedrecista empezará a perder prestigio. Estas personas son como víboras, si alguna se debilita, se la comen las demás.

—¿Cuál era tu plan, Peter? —le pregunto. Quiero saber si ya tenía en mente alguna forma de acabar con esta gente.

—En un principio, mi plan era infiltrarme —explica —, subir de rango lo más posible y destruirlos desde adentro. Pero, como te dije antes, descubrí que para subir de rango debía hacer cosas que no estaba dispuesto a hacer. Así que solo me conformé con mantener mi posición y recopilar toda la información posible hasta que llegara el momento oportuno.

—¿Y piensas que como un lobo solitario tendrás esa oportunidad? —pregunta Kim y luego me mira. Creo que también le gustaría lo mismo que a Junior y me pide que haga una propuesta oficial.

—Creo que yo solo no podré con esto —responde Peter y también se me queda mirando. Levanto la vista y observo que ahora todos me miran expectantes.

—¿Qué? —pregunto—. ¿Pensaron que traje a Peter solo para charlar? —Entonces lo miro a Peter—. ¿Qué opinas? ¿Te gustaría volver a formar parte de un equipo?

23

LA BRECHA

BÚNKER DE ANDREW, Manhattan
Viernes, 8 de mayo, 12:45 a. m

—CREO QUE SABES LA RESPUESTA —contestó Peter sin dudarlo—. Pensé que nunca me lo ofrecerías.

Todos aplaudieron al oír sus palabras y Bob comenzó a ladrar de excitación. Luego Kim sugirió que ya era demasiado tarde para continuar. Tenía razón. Estábamos acercándonos a la una de la mañana y había sido un día largo. La realidad era que Bob no era el único que estaba excitado, todos estábamos emocionados con la aparición de Peter. Era necesario bajar un poco la conmoción para concentrarnos en nuestro próximo paso.

Nos marchamos. Cada uno para su casa, salvo yo que fui con Kim. A Bob lo dejé con Andrew, en el edificio de Kim no se permiten animales. Ella me sugirió que tal vez sería más seguro que me quedara en su casa. Si bien era difícil que intentaran matarme nuevamente esa noche, todos estuvieron de acuerdo en que, luego de los cadáveres que dejó Peter, saldrían como locos a buscarme. Cuando estábamos saliendo, Freddy se me acercó y me dio una bolsa.

—¿Qué es esto? —le pregunté a la vez que metía la mano adentro.

—Tu cabello te delata enseguida —me explicó Freddy mientras veía que en la bolsa había una caja de tintura negra. Le agradecí el detalle.

VIERNES, 8 de mayo, 10:10 a. m.

Esta mañana, apenas levantada, cambié el color de mi cabello. Cuando me miré en el espejo, vi a la misma persona de hace varios años, pero mucho mayor. No podría explicar cuál fue mi sentimiento, pero otra vez recordé lo que estaba planeando hace un par de días: retirarme. Sin embargo, sabía que este no era el momento, debía terminar primero con el asunto del Anillo Negro. Una vez que esto se acabe, le anunciaré a mis amigos que ya no más. La aparición de Peter, por otro lado, puede venir bien para cumplir con mi objetivo. ¿Quién mejor que él para reemplazarme? La verdad es que durante toda la noche estuve pensando en Peter. Lo quise mucho, eso es verdad, pero ha pasado mucho tiempo y, en las circunstancias que estamos atravesando, pensar en algo que no sea compañerismo, sería una locura.

—¿En qué estás pensando? —me preguntó Kim, que

145

se asomó al baño y me vio parada frente al espejo sin moverme.

—Nada —respondí, aún no era tiempo de hablar de mis sentimientos hacia Peter ni de mis planes de retiro—. Vamos a ver a los muchachos. Es hora de trabajar.

AL LLEGAR al búnker de Andrew, nuevamente el primero en recibirnos es Bob. Anoche fue difícil dejarlo, sus ladridos de protesta hicieron patente su desacuerdo.

Ya estaban todos esperándonos, excepto Freddy, que tenía que presentarse en su oficina.

—Creo que tenemos algo, Ainara —me dice Alain entusiasmado—. Peter me ha estado contando sobre las actividades del Anillo Negro y tal vez podemos empezar a complicarle la vida al Ajedrecista.

—¿De qué están hablando? —pregunto y lo miro a Peter, que está sentado en el sillón con un café en la mano.

—Te conté que mi rol de peón en la organización me limita a trabajos simples —me explica—. Muchos de estos trabajos son como mensajero, llevo paquetes de un lado a otro.

—¿Qué clase de paquetes? —pregunto sin comprender lo que está insinuando.

—Dinero —responde Peter como si fuera algo obvio —. A veces son pagos a «caballos», se trata de transacciones que no pueden aparecer en los registros. No muevo más que algunos miles de dólares. Pero a veces solo debo acompañar a otros. Cuando esto sucede, es porque los montos son mayores y ya se trata de lavado de dinero.

—¿De cuánto estamos hablando? —pregunta Junior, interesado.

—No lo sé exactamente —responde Peter, frunciendo los labios—, no es una información a la que pueda acceder. Pero por los comentarios que he escuchado, puede tratarse de seis o siete cifras.

—¿Entiendes, Ainara? —interviene Alain casi excitado—. Si irrumpimos y les tiramos abajo estas transacciones, le estaríamos dando un duro golpe a la organización. Y de paso, recaudaríamos algo por nuestro trabajo.

—¿Tú qué crees, Peter? —pregunto. Sé que Alain se entusiasma más por el dinero que por otra cosa, así que necesito la opinión de alguien con más experiencia.

—Creo que es posible —responde pensativo, como tratando de visualizar esa estrategia—. Esta tarde debo llevar un paquete yo solo hasta Nueva Jersey, allí no deberíamos hacer nada para no exponerme, y tampoco debe ser un gran monto. Pero me enteré de que esta noche habrá un trabajo grande. Serán al menos cinco personas, por lo que supongo que habrá bastante dinero en juego. Yo iba a participar, pero cuando me llamaron para el trabajo de la tarde, me cancelaron el otro. Nunca somos más de media docena de hombres, los trabajos se hacen con muy bajo perfil, la idea es pasar desapercibidos.

—¿En qué posición te dejaría que llevemos esto adelante? —le pregunto a Peter. Es bueno tener a alguien dentro del Anillo Negro, si lo ponemos en evidencia, tendrá que desaparecer, y aún no es momento de que lo haga.

—No pueden relacionarme con lo que vayamos a hacer —me dice—, solo conozco a la persona que me contactó, pero no sé nada del trabajo. Mientras yo lleve mi paquete a Nueva Jersey, ustedes pueden vigilar a este contacto. Cuando sepan a dónde se dirige, yo me sumaré.

—¿Qué les parece? —pregunto en general.

—Creo que debemos hacer algo —habla Kim por primera vez luego de haber escuchado lo que se dijo con atención—. Y debemos actuar rápido.

—¿Por qué crees eso? —le pregunta Junior—. ¿Cuánto tardarán en encontrar a Ainara nuevamente? —dice Kim mirándonos a todos—. La última vez fueron muchos asesinos. La próxima enviarán un ejército. No creo que vuelva a regresar alguien más del pasado a salvarte.

Peter sonríe y yo asiento con la cabeza. Sus palabras me hacen pensar, asimismo, en que no hay nadie más de mi pasado que siga con vida. La aparición de Peter tal vez sea para cerrar un ciclo. No hay más gente perdida, no hay cabos sueltos. Somos los que estamos ahora y nadie más. No creo que vaya a haber más sorpresas de este estilo.

—Lo haremos entonces —sentencio y me doy cuenta de que Andrew no ha dicho nada. Eso es raro en él, siempre tiene algo que opinar—. ¿Qué sucede, Andrew?

—Lo siento, Ainara —me contesta en voz baja—. Creo que en este trabajo no estoy siendo de ninguna utilidad. El hackeo al banco los puso en riesgo y no obtuve nada. Entre los gigas de información que pude robar, apenas logré separar un puñado de nombres de los que no encontré nada. Los he investigado a fondo, pero están todos limpios, no tienen ni una multa.

—Bueno —contesto, mirando las cosas de una manera distinta—, tal vez esa sea la señal. Todas esas personas que encontraste son multimillonarios, es muy raro que ninguno de ellos tenga problemas legales. Están siendo protegidos, tienen los medios para cubrir sus pasos. Sigue trabajando en eso, alguno de ellos es el Ajedrecista.

—Freddy también los está investigando —agrega Andrew—. Quizás él tenga más suerte que yo.

—Pásame a mí también esos nombres —dice Peter, sumándose a la investigación—. Tal vez averigüe algo.

—No te excedas, Peter —le digo. No deseo que por querer averiguar más quede expuesto—. Eres la cuña que abrirá la brecha.

La verdad es que, ahora que lo recuperé, no quiero volver a perderlo.

24

ENCUBRIMIENTO

Bahía Gravesend, Nueva York
Viernes, 8 de mayo, 10:30 a. m.

—Bienvenidos, caballeros —dice el detective Richard Bronson al verlos llegar.

—¿Cómo es que está en todos lados? —pregunta el agente Smith mientras le estrecha la mano. Las tres veces que los agentes del FBI se han cruzado con este hombre han sido en distritos diferentes, y esto le parece raro a Smith—. ¿Trabaja en Brooklyn, en Queens o en Manhattan?

—Mi estación de Policía es la de Queens —responde el detective Bronson, sonriendo como en un aviso publicitario—, pero los jefes quieren solucionar este tema pronto. Prefieren que haya una sola persona a cargo en lugar de tener que andar coordinando entre varios detectives. Luego del incidente del banco, la señorita Ainara Pons pasó a ser mi caso, así que mientras cometa sus delitos dentro de Nueva York, me seguirán viendo la cara.

Freddy también le estrecha la mano, su explicación es algo peculiar, pero posible. Entran los tres al depósito. Deben hacerse a un lado para dejar pasar a dos paramédicos que llevan cuerpos en camillas. Cuando Freddy llegó hace una hora a la oficina, ya lo estaba esperando Smith para que salieran juntos. Había recibido la noticia de nuevos disparos de una Magnum, por lo que el sabueso Smith olfateaba de nuevo a Ainara.

—Esto fue una carnicería —dice Bronson mientras caminan por el corredor que los lleva al espacio central.

Al llegar allí, ven los dibujos de siluetas dispersas en el suelo, Freddy cuenta cuatro.

—¿Hubo algún detenido? —pregunta Smith.

—¿Detenidos? —repite Bronson con su sonrisa dibujada en la cara—. No creo que haya habido ningún sobreviviente. Había un par que aún respiraba, pero para cuando subieron a la ambulancia, ¡kaput! Síganme, que por aquí está lo interesante.

Freddy observa las manchas de sangre por todo el lugar a la vez que avanzan por un laberinto de contenedores. Sabía de antemano lo que había pasado aquí, pero aun así, recién ahora toma conciencia de la magnitud del tiroteo. Se alegra de que haya aparecido Bennett justo a tiempo. Si no hubiera sido así, Ainara ya no estaría en el mundo de los vivos.

—Por aquí —dice Bronson señalando la puerta

lateral abierta de un contenedor. El agente Smith y Freddy ven en el suelo, junto a la puerta, varias siluetas dibujadas. Luego entran al contenedor, observando con cuidado. Ven a dos oficiales forenses tomando muestras. Han instalado grandes luces para iluminar el lugar. Escuchan dos golpes en el metal detrás de ellos y giran a ver. Es Bronson quien ha golpeado la pared del contenedor para llamarles la atención.

—Es aquí —dice el detective señalando con una mano la pared junto a la entrada.

Allí se ven círculos de tiza alrededor de varios orificios.

Smith se acerca y los toca con la mano derecha.

—Es el arma de Ainara —afirma Smith al reconocer el tipo de impacto.

—Por aquí tenemos más orificios —dice Bronson señalando al otro lado de la puerta— y por allá están los casquillos.

Esta vez el detective indicó un rincón al lado opuesto del contenedor, donde hay un forense trabajando. Smith camina hasta la mitad del contenedor y mira hacia los dos lados.

—Creo que la acorralaron aquí —dice Smith señalando con sus dedos como si fuera una pistola, a un lado y al otro—. Se parapetó en ese rincón y le disparó a todo lo que se asomaba por la entrada.

Luego camina de nuevo hacia la puerta y se queda pensativo.

—Es extraño —dice Smith, volviendo a mirar el rincón en el que estuvo Ainara—. Fue muy afortunada en salir de aquí con vida. ¿Cómo lo hizo?

—No fue cuestión de suerte —lo corrige Bronson—. Vengan.

El detective Bronson sale del contenedor y los demás lo siguen. Entonces, el detective señala la pared del contenedor de enfrente. Claramente se ve una ráfaga de tiros.

—Alguien la ayudó —añade el policía, mirando los impactos—. Balística está estudiando qué tipo de arma hizo esto. Pero, sin duda, es un arma de guerra automática.

—Ya no tengo dudas, esto es una guerra —dice Smith—. ¿Tienen idea de cuánta gente ayudó a Ainara?

—Es difícil afirmarlo —dice Bronson—, pero solo parece haber dos armas del lado de Ainara. Su Magnum y esta ametralladora. Son las que coinciden con las heridas en los cadáveres. Los demás impactos y casquillos encontrados se corresponden con las armas del otro bando.

—Bueno —dice Smith meneando la cabeza—. Ahora tenemos a Pons y al loco de la ametralladora juntos. Habrá cada vez más muertos. ¿Cuántos cuerpos encontraron?

—Trece —contesta Bronson—. No se hallaron restos de sangre fuera del depósito, por lo que pienso que no salió ninguno con vida.

—¿Se sabe quiénes son? —pregunta Freddy, que habla por primera vez. Todo lo que se dijo hasta el momento, él ya lo sabía. Ahora quiere enterarse de cosas nuevas. Si alguno de los cuerpos fue identificado, podrían acercarse un poco más al Ajedrecista.

—Ninguno tenía identificación —explica Bronson—.

Pero ya se le tomaron las huellas, si alguno tenía antecedentes, lo sabremos pronto.

—¿Y qué hay de los cadáveres en el piso de Queens? —vuelve a preguntar Freddy.

—Nada —contesta el detective—. Sus huellas no estaban registradas, no sabemos nada de ellos.

Freddy se queda pensando en esa respuesta. Cree que no puede ser que ninguno de los sicarios tuviera antecedentes, pero eran solo cuatro. Quiere esperar a ver qué sucede con estos trece. Si de nuevo no los pueden identificar, será evidente que hay un encubrimiento.

Revisan el lugar unos minutos más, hacen un par de preguntas y luego se marchan. Cuando entran al coche, Freddy, que está al volante, se le queda mirando a Smith sin arrancar.

—¿Qué sucede, Tanaka? —pregunta Smith devolviendo la mirada.

—Debe conseguir una orden, jefe —contesta Freddy—. Si no nos llevamos nosotros esos cuerpos, nunca sabremos quiénes son.

—¿Qué quieres decir? —pregunta Smith con seriedad.

—Esto es más grande de lo que parece, jefe —explica Freddy, tratando de buscar las palabras adecuadas—. Si no me los hubiera cruzado de casualidad, hubieran hecho desaparecer la camioneta del primer incidente. En el banco ocultaron la existencia de un cómplice; los cuatro sicarios muertos del piso de Ainara no pudieron ser identificados; los dos que sobrevivieron a este tiroteo murieron antes de llegar al hospital. ¿Qué cree que pasará con estos cuerpos? Aquí hay un encubrimiento a todo nivel. Está implicado un banco importante, un laboratorio contratista del Gobierno, las cámaras de seguridad del puente de Brooklyn y vaya a saber quién más. ¿Cree que pueden hacer esto sin la ayuda de la Policía?

—Tienes un punto, Tanaka —dice Smith, reflexionando en las palabras de Freddy—. Tienes un punto.

25

ÉL NO TE LO PERDONARÁ

Nueva Jersey, Nueva York
Viernes, 8 de mayo, 8:20 p. m.

PETER LLEGA y se sube al coche. Hace una hora que con Alain estamos siguiendo al miembro del Anillo Negro que realizará la entrega de dinero relacionada con el lavado. Peter nos había dicho que su nombre era Alex Baboc y dónde podíamos encontrarlo. Lo hallamos en una empresa de logística llamada El Tablero, ubicada en Manhattan, en la zona de Tribeca. Claramente, es otra sede de la organización que lidera el Ajedrecista. No sabíamos si iba a entregar o recibir el paquete, así que no lo interceptamos de entrada, solo esperamos. Salió de sus oficinas sin compañía, está vestido con traje gris y lleva lentes. No carga ningún bolso o maletín, por eso sabíamos que aún no tenía el dinero. Alain condujo detrás del hombre que fue en su camioneta negra hasta Nueva Jersey. El mismo tipo de vehículo que usan todos los miembros de la organización. Se detuvo en una tienda de comida rápida. Alain bajó del coche y se acercó a vigilar sus movimientos. Yo permanecí oculta sin salir del vehículo, ya comprendí que mi rostro es como un letrero luminoso que atrae a todos los insectos.

—¿Cómo te fue? —le pregunto a Peter, que se ha sentado en el asiento del acompañante. Yo estoy en el del conductor, me cambié de lugar cuando Alain se bajó por si necesitábamos arrancar rápido.

—Todo bien —me responde, frunciendo la boca como si fuera algo de todos los días—. Tuve que recoger un paquete en Wallace Street y llevarlo al SoHo. Algo sencillo. ¿Cómo van ustedes?

—Tranquilo por el momento —respondo y señalo con una mano hacia la tienda—. Hace veinte minutos que tu hombre está ahí dentro. No creo que haya parado a comer, debe estar esperando a alguien.

—Ya he venido a este local —agrega Peter—, este contacto suele utilizarlo para hacer transacciones. Estamos en una zona de oficinas, por eso siempre hay gente de traje yendo y viniendo, así pasan desapercibidos.

—¿Crees que la entrega sea aquí? —le pregunto.

—Puede ser —responde Peter—, si sale con un paquete…

Suena mi móvil y miro la pantalla. Es un mensaje de Alain.

—Acaba de recibir una llamada y se está levantando. Voy para allá.

Miramos hacia el local y vemos salir a Alain, quien viene a nuestro encuentro. Pongo en marcha el motor. Detrás de él, sale Alex Baboc con cuatro hombres más.

—¿Esos de dónde salieron? —pregunto mientras Alain entra y se sienta en la parte trasera.

—Un par ya estaban sentados en una mesa cuando llegamos —dice Alain—, los otros dos llegaron hace diez minutos. Estaban todos en mesas separadas. No me di cuenta de que estaban juntos hasta que los cinco se levantaron a la vez. Por eso no te avisé.

—La entrega no era aquí —explica Peter, que ya comprendió lo que está sucediendo—. Pero ya le dieron la dirección en la que debe recibir el dinero. Aquí solo vinieron a juntarse hasta saber dónde se realizaría la transacción.

Los cinco se suben a la camioneta y se marchan, nosotros vamos detrás de ellos a una distancia prudencial.

—No creo que vayamos muy lejos —especula Peter mientras los seguimos. Parece que tiene razón. Nos movemos apenas durante cinco minutos. Ni siquiera salimos de la zona de empresas y llegamos a un callejón, donde aparca la camioneta. Nosotros pasamos de largo unos metros hasta quedar fuera de la vista y aparcamos también.

—No me deben reconocer —dice Peter mientras se cubre la boca con nuestro barbijo.

—¿Crees que yo deba cubrirme también? —le pregunto.

—No —contesta Peter—, queremos que te reconozcan, que sepan que vamos detrás de ellos.

Luego de decir esto último, bajamos del coche. Peter saca de debajo de su chaqueta la misma ametralladora que usó ayer.

—Veo que es tu juguete preferido —le digo mientras alisto mi Magnum.

—Ya estoy grande —me responde a la vez que le saca el seguro—. Mi vista y mi pulso no son como antes. Necesito más disparos para atinar, con esto lo soluciono.

—Basta de charla —dice Alain, que ya empuña su pistola y comienza a caminar.

Yo le hago señas con mi Magnum a Peter para que lo sigamos, y avanzamos. Un hombre que venía caminando por la acera contraria nos ve y sale corriendo. Debemos actuar rápido, hay demasiado movimiento y la policía llegará enseguida. Nos asomamos en la esquina que da al callejón y vemos que un hombre bajo y obeso le entrega dos maletines a Baboc. Lo miro a Peter y él asiente con la cabeza. Uno de los hombres permanece al volante en la camioneta y los otros tres están dispersos por el lugar. El contacto de Peter apoya los maletines en el capó de la camioneta y los abre. Desde aquí no vemos su contenido, pero parece estar todo bien porque los cierra y se voltea para estrechar la mano del hombre obeso. Este se marcha hacia su vehículo. Mientras, uno de los compañeros de nuestro hombre recoge los maletines y otro le abre la puerta de la camioneta.

—Es ahora —dice Peter y se adelanta—. Tú das las órdenes.

Sale de nuestro escondite apuntando su ametralladora. Alain y yo hacemos lo mismo.

—¡Dejen los maletines en el suelo! —les grito mientras camino en dirección a ellos.

Ni siquiera pierden un segundo pensando. El que lleva los maletines los arroja dentro de la camioneta y todos sacan sus armas. Alain dispara primero, dándole al que había abierto la puerta. Los demás nos devuelven el fuego y los estruendos de la ametralladora comienzan a hacer estragos. Estallan los vidrios de la camioneta y los tres hombres se sacuden en un mar de sangre, dejando caer sus armas. La camioneta arranca y da marcha atrás, llevándose con la puerta abierta a dos de los hombres que aún no caían. Le disparo al conductor y en el primer intento veo que le estalla la cabeza. La camioneta sigue moviéndose sin control. Debemos hacernos a un lado, y me tiro al suelo para que no nos aplaste a nosotros también. Sigue hasta chocar contra un coche que venía por la calle y que no tenía nada que ver con la situación. Me levanto y con Alain corremos hacia la camioneta mientras Peter con su ametralladora nos cubre, apuntando al otro coche estacionado en el callejón. El hombre que había entregado el dinero está oculto detrás de ese vehículo junto con Baboc, quien, cuando comenzó el tiroteo, corrió a esconderse. Alain mete medio cuerpo en la camioneta y agarra los maletines. Suenan más disparos.

—¡Diablos! —Un tiro me roza el brazo. Miro alrededor y veo tres personas que vienen disparando desde fuera del callejón. Respondo el fuego y me parapeto tras la puerta de la camioneta junto con Alain. Los dos disparamos y vemos caer a uno de nuestros agresores. Los otros dos se separan, corriendo en distintos sentidos, y escucho los impactos a nuestro alrededor. Es entonces que Peter llega a apoyarnos con su automática. Uno de los atacantes cae y el otro se cubre tras un poste de luz. Salgo de mi escondite y camino derecho hacia el poste con el brazo extendido, apuntando. Comienzo a rodearlo hasta que alcanzo a verlo mejor. Recién entonces aprieto el gatillo y le doy de pleno en el pecho. El hombre me mira y suelta el arma. Cae y me acerco sin dejar de apuntarle. Veo que su herida es mortal. El hombre balbucea algo y me arrimo aún más.

—El Ajedrecista no perdonará esto —dice con su último aliento y muere.

—Podría haber dicho algo más interesante —dice Alain, que está parado con los dos maletines justo detrás de mí—. El tipo está muriendo, y en lugar de encomendarse a Dios, nos amenaza.

Lo miro a Alain y pienso en cómo se le ocurren cosas así en estos momentos. Escucho entonces el sonido de un coche maniobrar a velocidad y miro hacia el callejón. El coche que estaba estacionado arranca y acelera al salir. Peter le dispara y, si bien le da al vehículo, no alcanza a detenerlo. Alain y yo le disparamos también, pero el coche sigue su marcha y escapa. Peter llega corriendo hasta donde estamos nosotros.

—Tenían un equipo de respaldo esperando cerca —me dice—. No esperaba eso. Esta entrega debe haber sido más importante de lo que imaginaba.

Nos miramos los tres. Nos damos cuenta de que ya estuvimos demasiado tiempo aquí y que hemos hecho mucho ruido. Un par de coches frenan detrás de la camioneta y el coche chocado, que bloquean la calle. Vemos que el conductor está ileso. Bien. No hay víctimas civiles. Subimos a nuestro vehículo y nos marchamos. No hay nada más que hacer aquí.

26

PENSAR EN RETIRARNOS

BÚNKER DE ANDREW, Manhattan
Viernes, 8 de mayo, 10:15 p. m.

MIENTRAS VENÍAMOS EN EL COCHE, Alain quiso abrir los maletines, pero estaban cerrados con una clave numérica. Iba a forzarlos para ver con qué se encontraba dentro, pero desistió. Temía no poder volverlos a cerrar y sería una complicación para trasladarlos. Así que esperó a llegar al búnker.

Estamos todos aquí. Luego de terminado el operativo, avisamos por teléfono que veníamos en camino y nos confirmaron que estarían esperándonos.

Junior y Andrew vacían la pequeña mesa frente a los sillones y Alain apoya los dos maletines allí. Bob rodea la mesa, olfateando los objetos para él desconocidos. Kim revisa mi brazo, cada vez que vuelvo a este lugar tengo una herida nueva. Kim ya sabe dónde está el botiquín de primeros auxilios y me cura enseguida.

—Debes tener más cuidado, querida —me dice mientras me revisa la herida.

—Te aseguro de que lo tengo —le respondo—. Lo que no entiendo es por qué soy la única que siempre sale lastimada.

Nadie responde mi pregunta, todos están atentos a otra cosa.

—Ahora sí —dice Alain mientras saca una navaja de entre su ropa y comienza a manipular una de las cerraduras. Junior saca sus ganzúas y hace lo mismo con el otro maletín. De repente se escuchan dos clics y Alain mira a Junior. Los dos sonríen y, al mismo tiempo, abren los maletines, dejando expuesto su contenido. Se hacen a un costado para que todos podamos ver.

—Son muchos billetes —dice Andrew rompiendo el silencio repentino.

—Si cada fajo tiene diez mil dólares —dice Kim, haciendo un cálculo rápido mientras levanta uno de los fajos y ve que hay más debajo—, puede haber un millón en cada maletín.

—Okey —dice Junior y suspira—. Nunca vi tanto dinero junto.

—Creo que ninguno de nosotros lo ha visto —dice Freddy, quien agarra otro fajo para comenzar a contarlo.

Alain, por su parte, cuenta los fajos en uno de los maletines y Junior lo hace en el otro.

—Diez mil —confirma Freddy y arroja los billetes dentro del maletín de nuevo.

—Diez mil —repite Kim, dejando su fajo donde lo había sacado.

—Cien fajos en este maletín —agrega Junior y vuelve a suspirar.

—Aquí también —confirma Alain sonriendo.

—Son dos millones —acota Peter. No porque los demás no podamos hacer la cuenta, sino porque está viendo implicaciones importantes—. El Ajedrecista estará muy molesto. Los más de veinte hombres que perdió desde que empezó esto son solo un número para esta gente. Pero dos millones de dólares es algo que les dolerá mucho. Son deudas que no se pagarán, favores que tendrán que pedir y una pérdida importante de poder.

—¿Qué crees que sucederá? —le pregunto a Peter. Él es quien más los conoce y, si podemos adelantar sus movimientos, tal vez tengamos una oportunidad.

—Por supuesto que intensificarán la búsqueda —dice él, convencido—. Solo que no será simplemente por un contrato. Ahora es algo personal, los hemos dejado muy mal parados. El Anillo Negro ha sido humillado frente a las otras ramas del Anillo, que no te queden dudas de que ya se han enterado todos. Y esto no solo afecta a la organización, la posición del mismo Ajedrecista podría estar en peligro.

—¿Y entonces? —pregunta Kim sin dejar de mirar el dinero.

—Debemos ir a fondo —digo mirando yo también el dinero—. Ahora tenemos los recursos para prepararnos mejor. Andrew, compra toda la tecnología que necesites y busca con Junior un nuevo búnker. Si hackearon el anterior, muy pronto pueden hacerlo también con este. Debemos estar preparados.

—Entendido —contesta Andrew, que se frota las manos. Debe estar pensando en los nuevos juguetes que conseguirá con ese dinero.

—Alain —digo, dirigiéndome a él—, inyecta efectivo en tus informantes. Necesitamos saber cualquier movimiento raro u otra información relacionada con el Anillo Negro. Y envíale una buena suma a quien te pasó el contacto, nos están buscando y queremos que mantenga la boca cerrada.

—Perfecto —me responde, afirmando con la cabeza.

—Peter —le digo mientras me inclino y tomo varios fajos de dinero—. ¿En la organización te vieron alguna vez con tu juguete?

—No —me contesta—, nunca lo usé frente a ellos.

—Mejor así —añado mientras le doy diez fajos a Freddy, que se me queda mirando, y recojo unos cuantos más—. Esperemos entonces que no te hayan reconocido, pero aun así, debes andar con cuidado, eras uno de los pocos que sabían que hoy se realizaría la transacción, así que pueden sospechar de ti.

Le entrego otros cien mil dólares a Junior y sigo juntando billetes.

—¿Qué es esto? —me pregunta Freddy al ver que no les doy ninguna explicación por el dinero que les estoy entregando.

—Esta es nuestra paga —les digo mientras le doy otro tanto a Peter y agarro más—. Si salimos con vida de esta, podremos tomarnos unas buenas vacaciones. O, en todo caso, es una buena base para quien piense en retirarse.

Ninguno dice nada. Le entrego su parte a Kim y separo más. Todos me observan, pensativos. Le doy a Andrew la suya y continúo. Peter observa el dinero en sus manos y luego me mira a mí. Le doy también a Alain sus billetes y recojo lo que me toca.

—Nos queda un millón trescientos mil dólares —prosigo—. Usaremos este dinero para los gastos de los que hablé antes y para lo que vaya surgiendo. Kim y Junior se encargarán de administrarlo, así que divídanlo en partes iguales y llévenlo con ustedes. Cualquiera que necesite algo, que les pida a ellos.

—¿Hablaste de retiro? —dice Junior, que se quedó pensando en lo que dije—. ¿Estás pensando en retirarte?

Dudo en contestarle. Luego lo miro.

—Lo más probable en este momento —contesto, buscando desviar el tema— es que mi retiro sea en una bolsa con los pies para adelante. Así que si logramos evitar eso, todos deberíamos pensar en retirarnos.

LOS ANILLOS

Los Hamptons, Nueva York
Sábado, 9 de mayo, 1:00 p. m.

—¿Por qué me encuentro aquí? —pregunta un hombre de unos setenta años. Está molesto. Usa chaqueta azul, camisa blanca, pantalones caquis y un pañuelo rojo al cuello—. Debería estar en mi casa de campo jugando con mis nietos.

—Lamento haber interrumpido tu sábado, Roland —responde un hombre que fuma un habano. La mano que sostiene el cigarro tiene un brillante anillo dorado con un símbolo muy particular, es un camaleón. Él es el anfitrión. Se encuentran reunidos los cinco hombres en su mansión de Los Hamptons.

El Camaleón es el jefe del Anillo de Oro. Este hombre es también el líder general del Anillo. Esta organización se dividía en cinco ramas y todos sus representantes estaban presentes. El hombre que se quejaba es el jefe del Anillo Verde, Roland Weinhaus. Su área de actividad es el narcotráfico. Comenzó a ganar poder en los sesenta, cuando, siendo apenas un adolescente, se convirtió en uno de los proveedores de hierba más importantes de California. De ahí el color de su anillo. Pronto acaparó también los psicodélicos y, por último, la cocaína. Cuando se estableció como número uno del narcotráfico a principios de los ochenta, tanto en California como en Florida, decidió extender su negocio hacia el norte; la meta era Nueva York. Para esa época, la mafia italiana estaba en decadencia y era el momento justo para que nuevas organizaciones irrumpieran en el hampa. Fue lo que ocurrió con Roland, solo que para hacerlo necesitaba ayuda local. Ahí fue cuando entró en juego Thomas Turner, un joven empresario exitoso que logró acaparar poder gracias al tráfico de influencias. Se asociaron y dieron origen al Anillo. Sin embargo, la ambición de Turner generó diferencias entre ellos. Roland Weinhaus estaba muy cómodo con su negocio, no le interesaba la política ni pretendía apoderarse del país, solo quería seguir vendiendo su droga sin ser molestado. Fue entonces cuando se generaron las distintas ramas del Anillo. Turner como líder general y las distintas ramas, sin ningún contacto entre sí, quedaban también bajo su control, excepto el Anillo Verde, que mantuvo su autonomía. Fue el arreglo al que llegaron, Roland Weinhaus apoyaría a la facción de Turner, pero nadie le diría qué hacer. Cuando Ainara mató a Turner, las ramas del Anillo debieron reorganizarse. Sin Turner para coordinarlas, establecieron un pacto de cooperación y de no intervención entre ellas. Aun así fue necesario, para evitar debates interminables, que una de las ramas del Anillo tuviera el voto decisivo en esta sociedad. Fue el Anillo de Oro, de la mano del Camaleón, el que ocupó ese lugar, el cual siempre está en disputa de manera silenciosa. Tal vez sea Roland Weinhaus el único al que no le interesa esta lucha de poderes. Es por eso que no quiso ocupar ese puesto en primer lugar, siendo el candidato natural para hacerlo. Era por eso también en quien más confiaban el resto de los miembros, ya que lo consideraban un consejero bastante objetivo.

—Lo primero que debemos tratar es un problema que es necesario solucionar cuanto antes —prosigue el Camaleón—. El Anillo Negro tenía una tarea que llevar adelante. Hace un mes que asumieron la responsabilidad de acabar con Ainara Pons y aún no logró resultados. Al contrario, parece ser que esa mujer les está dando una paliza.

—Debo admitir —dice el hombre de traje negro, de unos cincuenta años, que se halla reclinado en un gran sillón con un vaso de bebida blanca en la mano; es el Ajedrecista, el líder del Anillo Negro—, que Ainara Pons nos está dando algún pequeño problema. Pero no es nada que no pueda resolver a la brevedad.

—Me parece, Victor —dice el Camaleón—, que treinta hombres muertos y dos millones de dólares perdidos es más que un pequeño problema.

—Si se compara con los miles de millones que te hizo perder Ainara con el asunto de la energía solar —dice el Ajedrecista—, me parece que mis dos millones no son nada. Si debí encargarme yo que ella es precisamente porque tú no pudiste hacerlo.

—¿En serio? —pregunta Roland—. ¿Todo esto es por una chiquilla pistolera?

—Te recuerdo, Roland —vuelve a hablar el Camaleón—, que esa chiquilla asesinó a tu amigo Turner y viene poniéndonos palos en el camino desde hace varios años.

—Incluso yo perdí dinero por culpa de ella —dice uno de los dos hombres que se había mantenido en silencio hasta el momento. Es el líder del Anillo Rojo, que maneja fuerzas paramilitares tanto en Estados Unidos como en el exterior—. Mi negocio con los albanos se vino abajo hace unos años por su intrusión. Así que si tú no puedes, déjame a mí, que mis mercenarios terminarán con esta situación en un par de días.

—Lo repito —insiste el Ajedrecista—, Ainara Pons nos ha dado algún problema, pero en poco tiempo será historia. Estamos tras la pista de su centro de operaciones. Hace una semana lo habíamos ubicado y así dimos con ella en primer lugar, pero lograron evadirnos y les perdimos el rastro. Mis expertos lo encontrarán nuevamente y le caeremos con todo.

—Esperemos que así sea —dice el Camaleón—. No quiero que esto se siga extendiendo, y tantas muertes en las calles empiezan a llamar la atención.

—En eso estoy de acuerdo —contesta Roland—. Las muertes innecesarias no son buenas para los negocios. Hay que dar mucho dinero en sobornos para mantener esto fuera de la prensa. Esos buitres son peor que el Gobierno, siempre quieren más dinero.

Todos sonríen: Roland lo ha hecho de nuevo. Tiene el talento de relajar la situación en los momentos más tensos.

28

PRUEBAS CIRCUNSTANCIALES

BÚNKER DE ANDREW, Manhattan
Sábado, 9 de mayo, 2:40 p. m.

—ANDREW YA COMENZÓ con los gastos —me dice Kim.

—No te quejes, Kim —la interrumpe Andrew—. Esta tarde vendrán a instalarme unas puertas especiales que harán que todos estemos más seguros.

—No olvides buscar otro lugar —le digo—, hay que tener preparado un sitio alternativo.

—Ya rentó algo —dice Kim.

—No, no —la corrige Andrew—. Eso que renté ya lo tenía de antes, es para otra cosa, ya lo verán.

Junior abre la puerta para que entre Freddy, que camina directo hacia nosotros mientras se quita la chaqueta.

—Creo que sé quién es el Ajedrecista —dice Freddy sin ni siquiera saludar, y todos lo miramos con atención.

Es el último en llegar. Nos juntamos para planear nuestros próximos pasos. El golpe que le dimos al Anillo Negro fue bastante fuerte, pero no era suficiente como para hacerlo caer, tenemos que encontrar una forma efectiva de darles un golpe final. Las palabras de Freddy nos traen nuevas esperanzas.

—¿Qué has descubierto? —le pregunto ansiosa.

—Cuando Andrew me pasó la lista de nombres que obtuvo del banco —explica Freddy, acomodándose—, hubo uno que me resultó familiar, pero que no lograba ubicar: Victor Zarevich Kozlov.

Miro a Peter para ver si sabe algo, pero se alza de hombros, no lo conoce. También lo miro a Andrew, y realiza el mismo gesto.

—Lo investigué —prosigue Freddy— y no encontré nada turbio en su historia, sin embargo, esta mañana recordé de dónde lo conocía y fui a la oficina a verificarlo. En los ochenta, cuando cayó la Unión Soviética, gran cantidad de rusos emigraron hacia Estados Unidos. La mayoría era gente honesta, pero también vinieron criminales, entre ellos, Ivan Kozlov. Este hombre se transformó en los noventa en el jefe de la mafia rusa de Nueva York. No lo había notado porque esto fue antes de mi tiempo, y me enteré de él de casualidad hace unos años, cuando revisaba expedientes viejos para otro caso.

—Déjame adivinar —interviene Alain—, Victor es el hijo de Ivan.

—Exacto —confirma Freddy.

—Es probable que sea él —dice Junior no del todo convencido—, pero que sea el hijo de un mafioso no significa que también lo sea.

Todos lo miramos, extrañados.

—Déjenme ser un poco el abogado del diablo —aclara Junior sonriendo—, en este caso no he podido ejercer mi título.

—Está bien —prosigue Freddy—, pero déjame darte un dato más. Ivan Kozlov era conocido como «el zar de la mafia rusa» y a su hijo lo llamó Zarevich, que significa «hijo del zar». ¿No crees que seguiría su linaje delictivo?

—Okey —contesta Junior alzándose de hombros—. Ustedes ganan, es nuestro hombre. Se declara culpable.

—¿Cómo llegamos a él? —pregunto y lo miro a Peter.

—No lo sé —me responde, claramente perdido—, nunca había oído hablar de él. Pero hay otro nombre en la lista de Andrew que sí conozco, se trata de William Maxwell. Creo que es alguien importante en la organización y se expone bastante más que el Ajedrecista. Si podemos llegar a uno, tal vez alcancemos al otro.

—Bien —digo—. ¿Quién es él, Andrew?

—Es un economista —explica, él conoce a todos los hombres de su lista de memoria—. Tiene empresas de finanzas y un lindo edificio en Wall Street.

—He estado pensando en algo —dice Kim con el ceño fruncido—. Podemos atrapar a Maxwell, o incluso al Ajedrecista, pero siempre aparece alguien nuevo para fastidiarnos, debemos hacer algo más.

—¿A qué te refieres? —pregunto.

—¿Cuántas veces hemos arruinado los planes del Anillo? —nos dice más como reflexión que como pregunta—. Incluso has acabado con su líder. ¿Sirvió de algo? Apenas retrasamos sus planes un poco, nada más.

—¿Qué propones? —pregunta Peter, intrigado. A él no se le ha ocurrido en todo este tiempo ningún plan para terminar con la organización, así que entiendo su expectativa ante las palabras de Kim.

—La fuerza principal del Anillo reside en que nadie sabe que existen —prosigue Kim, y creo que comienzo a entender hacia dónde apunta—. Tal vez podamos exponerlos, sacar todo a la luz.

—¿Y cómo haríamos algo así? —vuelve a preguntar Peter cada vez más entusiasmado.

—Mientras revisaba los casos viejos para averiguar quién había atacado a Ainara —prosigue Kim—, me di cuenta de que tenemos un montón de información sobre las actividades ilícitas del Anillo. Si hiciéramos eso público, quién sabe lo que podría pasar.

—El FBI debería investigar —dice Freddy—. Con la obsesión de Smith por Ainara, no lo podrían detener. Smith es un jodido rencoroso, pero no es un corrupto. La única forma de silenciarlo sería que lo maten.

—Espero que no lleguen a eso —digo entonces—. Smith es un grano en el lugar que no se ve, pero siento cierta simpatía por él.

Los demás me miran sorprendidos por mi confesión.

—Es que el hombre se ha esforzado mucho por atraparme —explico— y todo le ha salido mal. Solo quiere hacer su trabajo.

—No creo que alguien nos crea —dice Andrew, dejando de lado mi comentario, como si hubiera dicho una tontería. Creo que todos piensan lo mismo—. Son demasiadas cosas, parece algo de conspiranoicos.

—Tal vez no debamos contar todo —arriesga Junior

176

—. Quizás con este solo caso tengamos suficientes pruebas. Hubo muchas matanzas en menos de una semana, la prensa está al tanto de esto. Si bien lo cubren diciendo que son guerras de pandillas, ¿qué pasaría si alguien comienza a unir cabos?

—Guiados por nosotros, claro —dice Andrew—. Yo podría filtrar información en las redes que confirmen nuestra historia. Además, como no pude lograr nada con los nombres, me puse a seguir la ruta del dinero. Hay transferencias y pagos cruzados que meterían preso de nuevo a Al Capone.

—Me parece bien —apruebo, pensando que esta vez quizás podemos lograr algo en serio. Creo que es la primera oportunidad en que nos ponemos a pensar en grande y como un verdadero equipo. He estado mucho tiempo tratando de protegerlos y hacer todo por mí misma, pero veo que ya están maduros, podrían hacer esto incluso sin mí. La idea de retirarme se refuerza, solo debemos terminar con esto. ¿Qué pasaría si se los dijera? ¿Cuántos me apoyarían? Me gustaría saber de antemano su reacción, pero no es momento para eso. Debo concentrarme en el caso—. ¿Cómo lo haríamos? Necesitamos un periodista.

—¿Recuerdan a Katy Ross? —pregunta Kim—. Es la periodista de California que nos ayudó en el caso de las energías renovables. Luego de ese reportaje se hizo bastante famosa y llegó a una cadena nacional. Se encuentra ahora aquí en Nueva York. Ya nos conoce y sabe que no andamos con cuentos. Creo que se involucraría si se lo presentamos bien.

—Excelente —digo, satisfecha—. Ya todos saben qué

hacer, hay que preparar un caso como si fuera para la justicia, pero para los medios, por lo cual las pruebas circunstanciales son tomadas en cuenta y sirven tanto como cualquier otra. Junior, querías ejercer como abogado, te llegó el momento. Arma este caso, pero hazlo hoy mismo, quiero esto en las noticias lo antes posible.

—Disculpen —dice Freddy poniéndose de pie. Se aparta para atender el teléfono—. Sí, jefe, páseme la dirección que voy para allá.

Lo miramos, esperando que nos cuente qué ha sucedido. Él nos mira y sonríe.

—Smith se enteró de lo que hicieron anoche —dice refiriéndose al atraco en el callejón—. Lo estamos volviendo loco.

29

LA POLICÍA ESTÁ SUCIA

Escena del crimen, Nueva Jersey
Sábado, 9 de mayo, 4:05 p. m.

Cuando Freddy llega a la escena del crimen, ve que el agente Smith y el detective Bronson ya están ahí. Piensa que Ainara ha conseguido un nuevo fan: Bronson la sigue tan de cerca como Smith. Tal vez demasiado de cerca.

—Hola, agente Tanaka —lo saluda Bronson con su sonrisa característica. Freddy le presta atención a su ropa, su traje y zapatos, sin ser de lujo, son de mejor calidad que los de la mayoría de los policías que conoce—. Le estaba explicando a Smith cómo sucedió todo. Hay testigos. Un coche, que casualmente pasaba por aquí, fue impactado por esa camioneta. El conductor salió ileso, así que nos dio bastantes detalles.

Bronson camina hasta la camioneta y pasa la mano por la chapa, llena de perforaciones.

179

—Nuestro amigo, el de la ametralladora, ha vuelto. —Luego señala un orificio distinto—. Y por supuesto, la Magnum de Ainara dejando su marca. Los testigos dijeron que eran dos hombres y una mujer.

—Así que ahora hay un tercer hombre —dice Smith —. Me pregunto si no será el del banco. Ainara tiene su propio equipo, ya lo descubrí en el pasado, pero por algún motivo no puedo llegar a ellos. Deben tener alguien que borre sus huellas, les haga identidades falsas o cosas así.

Bronson lo escucha con atención. Cuando se da cuenta de que Tanaka lo está observando, retoma su relato.

—Ainara y sus cómplices se acercaron a la camioneta y sacaron dos maletines —prosigue—, luego empezó un tiroteo. Al parecer, tres hombres vinieron por allí y comenzaron a disparar a Ainara y a sus socios. Allí quedaron sus cadáveres. Había otro muerto más al volante de la camioneta y otros dos en el suelo, más allá.

—¿Qué hay del otro coche? —pregunta Smith.

—¿Qué otro coche? —responde Bronson, sorprendido.

—Hablé con el primer oficial que llegó a la escena del crimen —explica Smith—. Los testigos le dijeron que vieron otro vehículo salir del callejón mientras sucedía el tiroteo.

—Ah, ese coche —responde Bronson como entendiendo a lo que se refiere—. Los testigos no dijeron nada preciso al respecto, ni siquiera estaban seguros de que hubiera salido del callejón, podría haber sido alguien que quedó atrapado en el tiroteo como ellos. Es imposible saberlo.

—¿Y las cámaras del lugar? —pregunta Smith señalando una cámara de tránsito que debe haber tomado toda la escena.

—Fuera de servicio —responde Bronson y el agente Smith sacude la cabeza. Se queda pensando unos instantes.

—¿Dónde están los cuerpos? —pregunta Freddy.

—Ya deben estar en la morgue —contesta Bronson y luego cambia de tema—. Me informaron que los cuerpos del tiroteo anterior fueron incautados por el FBI. ¿A qué se debió eso?

—A que a partir de ahora estás relevado del caso —contesta Smith mirándolo fijo y sin pestañear—. El caso desde ahora queda en manos del FBI, así que mi gente se comunicará con usted para que le pasen todos los informes.

—Espere un momento —dice Bronson enfadado—. Usted no puede…

Smith lo interrumpe, metiéndole la orden en el bolsillo de la chaqueta.

—Ya está decidido y firmado —dice Smith dándose media vuelta—, llévese a sus hombres de aquí.

—No puede hacer esto —continúa gritando Bronson ya sin su sonrisa—. Le puedo ser muy útil, nadie sabe de este caso más que yo.

—Eso ya lo sé —dice Smith en voz baja—, sabe más de lo que admite.

En ese momento, llega una camioneta con agentes del FBI. Bajan del vehículo y se apropian del lugar, poniendo sus propias vallas. Uno de los agentes se acerca a Smith.

—Encárgate de recuperar los cuerpos que se llevaron los uniformados —le dice Smith y luego se aleja caminando hacia el callejón.

Freddy lo sigue.

—¿Qué sucede, jefe? —pregunta Freddy, intrigado, pero a la vez, satisfecho por la actitud de su jefe.

—Tenías razón, Tanaka —contesta Smith—. Conseguí los cuerpos de la matanza de los contenedores. La mitad de los cadáveres tenían antecedentes, pero la Policía los había registrado como desconocidos. Algunos de ellos trabajaban para la empresa de seguridad y el banco, incluso había uno del laboratorio contratista que quería hacer desaparecer la primera camioneta. Además, esto de que ninguna cámara funcione me está hartando. La Policía está sucia, Tanaka, y supongo que este Bronson también. Son demasiadas irregularidades. Ainara está en una guerra contra alguien que no sabemos quién es, pero que tiene muchas influencias. Tiene que haber algún enlace entre estas empresas.

—No sé si lo notó, jefe —dice Freddy, tratando de guiarlo por el camino correcto—. Peón 8, Las Dos Torres, T&T, que averigüé que viene de Torres y Torres, son todos nombres relacionados con el ajedrez. Además, las tres empresas son manejadas por un fondo de inversión llamado Alfil Negro. Creo que es demasiada coincidencia.

—Es verdad —admite Smith, que se detiene de repente y lo mira, reflexionando—, tal vez hayas encontrado algo. Es tan evidente que no lo advertí. Le pediré al equipo de investigaciones fiscales que las revise y vea quiénes son las personas detrás de las empresas.

Freddy piensa en hablarle sobre Kozlov, pero se detiene, todavía no es el momento. Si demuestra saber más de lo que la investigación del FBI sugiere, Smith comenzará a dudar.

—Ya que estás tan afilado con tu intuición —dice Smith—. ¿Qué crees que había en esos maletines?

—Mire, jefe —dice Freddy, siempre midiendo sus palabras—, lo que a mí me parece es que tenemos dos escenarios distintos. El piso de Ainara, el puente de Brooklyn y la matanza de los contenedores parecen ser intentos por asesinar a Ainara. Pero lo del banco y esto parecen ser ataques de Ainara. Como lo suponíamos, tiene todo el formato de una guerra. Si Ainara y su cómplice entraron en un banco y aquí les quitaron dos maletines, es probable que se trate de dinero.

—¿Ahora se convirtió en una vulgar ladrona? —pregunta Smith, descreído— Eso no encaja con su perfil.

—Es que tal vez no sea por el dinero en sí mismo —aclara rápido Freddy—. Hay muchas formas de llevar a cabo una guerra, y una de ellas es debilitar la economía del enemigo.

—Entiendo lo que dices —responde Smith—. Si esta gente que persigue a Ainara tiene un ejército, como lo señalan las bajas que han tenido, sería estúpido confrontarlos directamente. Y Ainara no es estúpida. Los está atacando por donde más les duele, el bolsillo.

Freddy está contento, pero debe disimularlo. La conclusión a la que llegó su jefe es la que estaba esperando. Servirá para perseguir al Ajedrecista también de manera legal.

—Si hallamos a los fanáticos del ajedrez —dice Freddy para entusiasmar a su jefe—, también llegaremos a Ainara.

PUEDEN ENCONTRARNOS A TODOS

BÚNKER DE ANDREW, Manhattan
Sábado, 9 de mayo, 7:10 p. m.

—¿No crees que esto es demasiado? —pregunta Junior mientras pasa su mano sobre la reja de hierro que hizo instalar Andrew en la puerta.

—Ya escuchaste lo que dijo Ainara —responde Andrew desde su escritorio, frente al ordenador—. Vendrán por nosotros, así que hay que estar preparados. Ya tengo un nuevo sitio en mente, pero recién el lunes podré rentarlo.

—Aparte de esta reja —continúa Junior—, ¿hiciste algo más?

—¡Oh, sí! —exclama Andrew—. Vaya que hice algo más. Verás…

Cuando está por contar las nuevas medidas de seguridad, Bob, que estaba durmiendo en el sillón, se pone de pie y comienza a ladrar como loco. Suena una alarma y los dos se sobresaltan. Una ventana se abre en la pantalla de su ordenador y ve que hay hombres entrando por el corredor.

—¡Diablos! —dice Andrew y salta del asiento. Corre hasta la puerta y acciona una palanca. Una barra transversal de hierro traba la reja.

—¡Mierda! —dice Junior mirando a su alrededor—. ¿Y ahora qué hacemos? Estamos atrapados. ¿Cuánto aguantará esa reja?

—Lo suficiente, mira. —Mientras se comienzan a escuchar golpes en la puerta, Andrew hace clic en un botón en la ventana del ordenador y señala el monitor. Junior se acerca a ver—. Esto lo tenía de antes.

Comienza a salir un humo rojizo en el corredor y los hombres, que son al menos cinco, se tapan el rostro y dan marcha atrás.

Bob está frenético, ladrando frente a la puerta. En la habitación, empieza a filtrarse el humo por debajo de la puerta.

—Esto nos dará tiempo —dice Andrew a la vez que presiona otros botones en la pantalla. Agarra su ordenador portátil y un disco externo que estaba conectado a su red—. Aquí está todo copiado. Odio desperdiciar tantos equipos. ¡Vámonos!

—¿Dónde vamos a ir? —pregunta Junior, nervioso, mientras se acerca a Bob y le coloca la correa—. Estamos atrapados.

—Sígueme —dice Andrew mientras comienza a caminar hacia su habitación—. Aquí habrá un pequeño incendio controlado.

De repente, comienzan a escucharse de nuevo golpes en la puerta. Miran la pantalla y ven más hombres, quizás diez, pero ahora con máscaras de gas.

—Rápido —dice Andrew.

Junior agarra uno de los maletines con la mitad del dinero. En vez de llevarlo a su casa, lo había dejado aquí, el resto se lo llevó Kim.

—Vamos, Bob —dice Junior, tironeando al perro de la correa, que se resiste a moverse—, eres más testarudo que tu dueña.

Entran en la habitación, cierran la puerta y Andrew va hasta un viejo guardarropa. Lo corre y allí se ve una puerta de metal reforzado recién instalada.

—Esto sí es nuevo —dice Andrew mientras inserta una extraña llave en la puerta y la hace girar. Se escucha el ruido de mecanismos y esta se abre.

—¿A dónde da esto? —pregunta Junior a la vez que oyen el ruido de una sierra eléctrica.

—Demonios —dice Andrew, y en eso, el perro se le escapa a Junior y salta contra la puerta de la habitación como queriendo tirarla abajo—, vinieron preparados. Pasa.

Andrew mete la mano en la habitación que está tras la puerta y enciende una luz. Recién entonces Junior ve que es una habitación enorme y vacía. Hay un bolso grande y una mochila en un rincón. Nada más. Junior vuelve a tomar la correa de Bob y lo arrastra.

—Colabora, Bob —dice mientras mira el nuevo cuarto—. ¿Y esto?

—Espera —contesta Andrew y se queda quieto, como queriendo escuchar algo. En ese momento se oyen

varias detonaciones casi simultáneas y Bob se sobresalta
—. Bien. Ya no podrán obtener nada de esos equipos.

Junior se queda en la habitación vacía, sosteniendo a
Bob, mientras Andrew arrastra el guardarropa para
volver a cubrir la entrada. Huele a quemado y comienza
a sonar la alarma de incendios. El animal comienza a
aullar.

—Basta, Bob —insiste Junior—, los atraerás a nosotros. Queremos despistarlos, no llamarlos.

Bob lo mira y deja de ladrar, se le acerca a Junior y
deja de forcejear.

—Este perro no es normal —dice este. Andrew le va
a contestar algo, pero se escucha un gran ruido metálico.
Deben haber arrancado la reja. Andrew cierra la puerta
con la extraña llave.

—Van más rápido de lo que supuse —dice mientras
camina hacia otra puerta que da a un corredor. Prende la
luz. Recoge el bolso y la mochila y avanzan.

—Este es el motivo por el que renté esa propiedad en
primer lugar —explica Andrew mientras caminan rápido
por el largo pasillo—. Porque lindaba con este depósito
que también estaba en renta. Renté ambos. Por este
lugar le pedí el dinero a Kim.

Llegan al final del pasillo y el *hacker* saca otra llave.
Cuando la va a meter en la cerradura, se vuelve a escuchar el sonido de la sierra eléctrica detrás de ellos. Se
miran sorprendidos. Bob está parado tranquilo junto a
Junior.

—Apúrate —dice él.

Andrew asiente con la cabeza y abre la nueva puerta.
Se escucha un golpe fuerte, la otra debía haber caído.

Salen y vuelven a cerrar la puerta con llave. Todavía hay movimiento en la calle porque esta era una zona comercial. Bob tironea de la correa y arrastra a Junior hasta un poste de luz, hace sus necesidades y se relaja. Junior menea la cabeza y comienzan a caminar rápido hacia la estación de metro más cercana.

—Casi nos agarran —dice Andrew cuando bajan al metro y empieza a relajarse—. Venían preparados para todo.

—Si llegaron hasta ti —dice Junior—, pueden encontrarnos a todos.

—Le avisaré a Kim —contesta Andrew mientras saca su móvil—. Ella tiene en su piso registro de todas nuestras actividades y el resto del dinero.

—Yo la llamaré a Ainara —dice Junior, que también saca su móvil—. Kim no debe ir sola a su piso, no sabemos con qué se puede encontrar.

—Esperemos estar aún a tiempo —afirma Andrew a la vez que escucha el sonido del teléfono llamando.

—Espera —dice Junior de repente—, no podemos entrar al metro con el perro.

Andrew observa a Bob y luego lo mira a Junior. Trae hacia adelante la mochila que colgaba de su hombro. Saca de uno de los bolsillos unos lentes negros y se los da a Junior.

—Ya está —dice Andrew—. Ahora eres ciego y Bob es tu lazarillo.

VE POR TU PULITZER

UN BAR EN Manhattan
Sábado, 9 de mayo, 7:10 p. m.

KIM ESTÁ SENTADA en un bar de Broadway. Hace diez minutos que espera. La periodista Katy Ross está llegando tarde. Habían quedado a las siete en punto. Hablaron temprano en la tarde. La mujer se sorprendió con la llamada de Kim, pero no dudó en aceptar la propuesta de encontrarse con ella. La última vez que hablaron le valió a la periodista un gran avance en su carrera, no podía menos que aceptar venir a escuchar a Kim, aunque solo sea por cortesía.

—Disculpa la demora, Kim —dice la periodista, que entra caminando a espaldas de Kim y se sienta frente a ella.

—No hay problema —responde Kim. Katy lleva su cabello rubio con un bonito corte y usa ropa elegante.

Tiene mucho más estilo que la última vez que se vieron. Nueva York le sentó bien—. Te agradezco que te hayas hecho un espacio para verme, están pasando muchas cosas y muy rápido. Creo que lo que tengo te va a interesar.

—Bueno —responde Katy—, la última vez me diste algo bueno. Cuéntame de qué se trata. Ahora no estoy en una cadena local y es más difícil llevar algo a la pantalla, pero ya me has sorprendido una vez.

—¿Te has enterado de la matanza en el puerto? —pregunta Kim.

—Sí —confirma la periodista.

—¿Y del tiroteo en el banco? —vuelve a preguntar Kim.

—Algo —le contesta—. Una mujer loca empezó a disparar en la puerta de un banco y luego huyó.

—Ninguna loca —niega Kim agitando su mano derecha—. Los dos hechos están relacionados. También hay cuatro muertos en un piso y un tiroteo en el puente de Brooklyn que fue ocultado por la Policía, diciendo que se trató apenas de un accidente. Te pasaré imágenes de uno de los vehículos para que me digas qué clase de accidente deja impactos de bala.

—¿Es alguna guerra de pandillas? —pregunta la periodista, tratando de comprender.

—Sí, es una guerra, pero no de pandillas —explica Kim—. Es una guerra entre la mafia y mi grupo. Verás, somos detectives privados que trabajamos en casos muy delicados. Lamentablemente, nos hemos topado más de una vez con esta mafia y hemos desbaratado sus planes. Por eso nos la tienen jurada y se han comprometido a hacernos desaparecer del mapa. Nos persiguen para asesinarnos.

—¿Estás en peligro? —pregunta la periodista y mira a los costados. Se ha dado cuenta de que ella también podría estar en peligro ahora.

—Sí, por eso estoy recurriendo a ti —continúa Kim con su explicación—. El mayor poder de esta organización delictiva reside en el secreto, nadie sabe que existen. Es por eso que creemos que la mejor forma de protegernos es exponiéndolos. Si el público se entera de su existencia, estarán en serios problemas, se les acabará el negocio.

—Bien —dice la periodista—, soy toda oídos.

—Okey —dice Kim, viendo que ha captado su atención—. Hay una organización secreta llamada el Anillo. Son sumamente poderosos y tienen infiltrados en todos los niveles, desde la política a la Policía. Incluso debe tener alguno de sus esbirros en tu canal, quienes harán lo imposible para que esta historia no salga a la luz.

—Ya veremos —la interrumpe la periodista.

—De hecho —prosigue Kim—, eso te ayudará a saber quiénes son miembros de esa organización. Debes dudar de todos los que quieran impedir que esta historia salga al aire. Por ejemplo, cuando ocurrió el motín de la cárcel que cubriste en su momento, fueron ellos los que mataron al presidiario. Él estaba a punto de desenmascararlos y nosotros intentábamos sacarlo de la cárcel para protegerlo. Como debes recordar, no llegamos a hacerlo, apenas si pudimos escapar nosotros.

—¿Tú estabas ahí? —pregunta Katy, sorprendida. Kim afirma con la cabeza.

—Aun así —prosigue Kim—, nuestra acción le arruinó al Anillo un negocio de miles de millones de dólares. El hombre que mataron en la cárcel era el dueño de la mayor empresa de energía solar y estaba negociando para que saliera una ley que impulsara ese tipo de energía en contra de los combustibles fósiles. ¿Comprendes de lo que estoy hablando? Esta gente hace nuestras leyes y decide nuestro destino.

—Entiendo —afirma la periodista.

—A partir de allí empezaron a perseguirnos —prosigue Kim—. Tengo pruebas de que la Policía ha tapado la cuestión, ha hecho desaparecer las evidencias y cerrado los casos sin investigarlos. Esta organización tiene distintas ramas, la encargada de perseguirnos es conocida como el Anillo Negro. Se dedica al lavado de dinero y al espionaje. Sobre ellos tengo mucha información. Te daré datos de lavado de dinero, transferencias falsas y una red de empresas que se encarga de los trapos sucios. Es conveniente que vayas sobre esta rama de la organización porque está en una posición más débil. Si vas contra el Anillo entero, no llegarás a ningún lado, así que por el momento no debes nombrarlo.

—Espera, Kim —dice Katy, echándose atrás en la silla—. Lo que me cuentas suena a conspiración. Eso está muy bien para las redes, pero llegar a la televisión nacional será muy difícil. Aunque no hubiera infiltrados en la cadena, nunca dejarán salir al aire algo así. Habría que tener una prueba demasiado grande y mostrarla en directo, para que no lo frenen.

Kim se inclina a un costado y sube a la mesa una bolsa negra.

—Ten esto —dice—, te ayudará a limar asperezas. Úsalo correctamente y se abrirán algunas puertas.

Katy toma la bolsa y mira su contenido. Abre los ojos, sorprendida.

—¡Diablos! —exclama y vuelve a mirar a Kim.

—Son cien mil dólares —explica Kim—, se lo quitamos al Anillo Negro en Nueva Jersey. También lo habrás visto en las noticias. A quienes te pongan palos en la rueda, con esto podrás endulzarlos un poco.

—No sé qué decir —responde la periodista sin dejar de mirar el dinero.

—Aquí tienes toda la información que necesitas —continúa Kim mientras le entrega un sobre manila—. Nuestro abogado armó un caso completo para que pudieras trabajar. Hay fotos, documentos y un *pendrive* con videos interesantes. Arma tu entrevista, y cuando la tengas preparada, sabrás cómo presentarla.

Kim se da cuenta de que está vibrando su móvil. Lo agarra y ve que se trata de Andrew, la está llamando desde hace rato.

—Hola —dice ella.

—Escucha —le habla Andrew con urgencia—. Nos atacaron, perdimos el búnker. Ve de inmediato a tu casa y llévate todo lo de valor. Espera a Ainara para entrar, no sabemos si ya están allí. Luego hablamos.

—Entendido —responde Kim y corta. Luego mira a Katy—. Ha surgido algo y debo irme. Creo que ha quedado todo claro. Ve por tu Pulitzer.

¡POR DIOS!

Piso de Kim, Manhattan
  Sábado, 9 de mayo, 8:15 p. m.

LLEGO con Bennett hasta la calle del piso de Kim. La vemos venir a ella junto con Alain.

—Llegamos tarde —dice Kim cuando está a mi lado. Miro por encima de su hombro y veo una camioneta parada justo en la puerta del edificio. Solo el conductor está dentro.

—Allí hay otro —dice Peter, señalando con un breve movimiento de cabeza hacia el lugar referido. Está en la puerta.

—El resto debe estar adentro —agrega Peter y se lleva la mano a la chaqueta. Está tanteando la ametralladora que lleva oculta.

—Espera —le digo, apoyando mi mano sobre la suya

—. Si hacemos escándalo aquí abajo, los de arriba quedarán sobre aviso. Hubiera preferido llegar antes y evitar otro enfrentamiento, pero ya no hay caso, tenemos que actuar.

—¿Qué sugieres? —pregunta Peter, que no deja de observar los movimientos de aquellos hombres.

—Ustedes dos se encargan del que está en la puerta —les digo— y yo del conductor.

—¿Yo qué hago? —pregunta Kim.

—Ten esto —le digo mientras le alcanzo un auricular con micrófono. Yo me pongo el otro que tenía: no me quedaban para mis demás compañeros—. Tú te quedas aquí abajo mientras subimos, y me avisas si llegan refuerzos. Ten tu arma lista, pero no te acerques, a no ser que no haya alternativa.

—Comprendido —dice Kim, con el auricular puesto y hablándole al mío, en mi oído derecho. La veo meter la mano en su bolsa y aferrar su arma.

—Vamos —indico y muevo la cabeza, invitándolos a moverse—, ustedes primero.

Peter y Alain empiezan a caminar por la acera hacia el edificio de Kim y yo cruzo la calle para ir por la mano de enfrente. El conductor tiene la ventanilla baja; perfecto. Veo que mis compañeros llegan hasta la entrada. Pareciera que van a seguir de largo, pero Peter gira, dándole un codazo en el mentón al hombre, el que lo hace rebotar contra la pared que tiene atrás. Alain entonces le da un puñetazo en el estómago y, cuando el hombre se inclina hacia adelante, Peter levanta los dos brazos y con las manos unidas le da en la nuca. El hombre cae al suelo de forma instantánea. El conductor de la camioneta se sorprende y saca su arma. No llega a apuntar porque le doy un culatazo de mi Magnum en la sien a través de la ventanilla. El hombre gira atontado y me mira. Le vuelvo a dar con la culata, pero esta vez en la nariz. La cabeza se sacude, rebota y se va hacia adelante hasta quedar apoyada en el volante. Le levanto la cabeza y le miro la cara. Le incrusté la nariz hacia adentro; este no la cuenta. Lo dejo caer nuevamente. Rodeo el vehículo y voy hacia donde están los muchachos. Me esperan, acaban de ver lo que hice. El hombre que está en el suelo comienza a moverse. Alain no pierde tiempo, le patea la cabeza y este no se mueve más.

—El piso está en la segunda planta —explico mientras veo que la puerta de entrada al edificio está abierta y trabada con un ladrillo—. Yo voy por el elevador y ustedes por la escalera.

—Espera —dice Alain—, alguien baja por el elevador.

—Okey —digo mirándolo a Alain—. Tú quédate al frente.

Le hago señas a Peter para que se quede a un lado del elevador y yo ocupo el otro. Cuando la puerta se abre, veo a Alain, quien mira hacia el elevador y sonríe. Entonces, una mano que sostiene una pistola comienza a asomarse. Veo a Peter tomarlo de la muñeca y tirar hacia afuera. Yo le doy una patada directo a la mandíbula. Peter se queda con la pistola, que por fortuna no se llegó a disparar, y Alain se le abalanza, cayendo sobre él dentro del elevador. Me acerco para ayudar, pero ya Alain lo noqueó. Veo el ya conocido maletín en el suelo y lo agarro. Lo abro y compruebo que es el dinero. Bien. Peter arrastra al hombre fuera del elevador.

—Kim, ven rápido —digo por mi intercomunicador —, te necesito.

Me acerco hasta la acera y veo a Kim venir corriendo. Cuando llega, le doy el maletín y le hago seña para que siga. No se detiene y prosigue su andar, pero ahora con el dinero a salvo. Solo falta rescatar el ordenador dentro de la caja fuerte.

—Ahora sí —digo mientras regreso y me meto al elevador—, vamos.

Se cierran las puertas y empiezo a subir. Reviso mi arma. Ya no es necesario ser silenciosos. Es importante que ese ordenador no caiga en manos del enemigo, así que no podemos fallar.

—Freddy me acaba de escribir que está llegando —anuncia la voz de Kim por el auricular.

—Bien —respondo. Con Freddy aquí, no debemos preocuparnos de la policía. Cualquiera que haya pasado por la calle puede haber visto algo raro y llamado al 911. Esto está sucediendo sin planificación, así que puede pasar cualquier cosa.

El elevador se detiene. La puerta se abre y apunto al frente. No hay nadie. Salgo y miro a los costados. Nada. Llegan Alain y Peter. Camino hacia la puerta de Kim, que está entreabierta. Escuchamos golpes como de martillo contra una pared y nos miramos. Abro la puerta despacio y no se ve a nadie en la sala. Caminamos dentro hacia la habitación, es de donde viene el ruido. Cuando me asomo, veo a dos hombres. Uno de ellos sostiene una enorme hacha en alto. La pared alrededor de la caja fuerte está destruida. Trataban de sacar la pequeña bóveda de cuajo. Los dos hombres me ven y se sorprenden. Uno de ellos intenta apuntarme con su pistola, pero le disparo primero. El otro solo atina a intentar arrojar el hacha, pero Peter los baja con una corta ráfaga de su ametralladora. Lo miro.

—De verdad te gusta eso —le digo y él se alza de hombros—. Hago una llamada a Kim, necesito la clave.

Kim me la da y me acerco. Introduzco los números y la puerta se abre. Saco el ordenador de adentro.

—Ya está —afirmo—. ¿Quieres que me lleve algo más, Kim?

—Hay un bolso verde con lo básico preparado —escucho decir a Kim—. Como me enseñaste.

—Bien, nos vamos —digo mientras recojo el bolso y salimos. Todos tienen un bolso igual listo con documentos, ropa y dinero. Supongo que aquí están los cien mil dólares.

Esta vez bajamos los tres por la escalera. Al llegar a la calle, vemos que los tres cuerpos siguen tendidos en su lugar, dos en el vestíbulo del edificio y el tercero en la camioneta.

—¿Usamos esta camioneta? —pregunta Alain.

—No. —Lo detiene Peter tomándolo del brazo—. Todas tienen localizador satelital. Nos hallarían enseguida.

Una mujer mayor llega al edificio y nos mira. Ve también a los dos hombres en el suelo y se lleva la mano a la boca.

—No se preocupe, señora —le dice Alain intentando tranquilizarla—. Ya llamamos a la policía, quisieron asaltar a una vecina, pero afortunadamente pasábamos por la puerta y la salvamos.

—¡Por Dios! —exclama la señora y se mete rápido al elevador.

—Vámonos rápido —dice Kim cuando llega hasta nosotros—. Ya se oye una sirena, la policía está llegando.

33

EL CÉSAR

Quinta Avenida, Manhattan
  Domingo, 10 de mayo, 1:10 p. m.

Termino de comer un gran plato de pasta. No acostumbro a comer tanto, pero debía hacer tiempo y aproveché. Es un restaurante lujoso, tampoco acostumbro a venir a lugares como este. Normalmente, si lo hago en algún lado, es en alguna tienda de comida rápida. Aquí, como en todos los lugares caros, demoraron en traerme los platos. Primero pedí de entrada un antipasto. Nunca lo había comido y me gustó. Pediría un postre para seguir haciendo tiempo, pero ya no puedo más. Así que le hago señas al camarero.

—Un café *ristretto* y la cuenta, por favor —le digo cuando se acerca.

El camarero afirma con la cabeza y se va. Miro por la ventana, no se ve nada raro afuera. Es extraño estar sentada tan cerca del vidrio a la vista de todos. Pero esa era la idea. Llega el café y la cuenta. Vaya, son unos cuantos dólares. Pago en efectivo y me tomo mi tiempo para saborear el café. Es pequeño y fuerte, pero está muy rico; creo que me gusta más que el que sirven en la cadena más popular.

Al terminar, me levanto y salgo. Cuando atravieso la puerta, saludo al guardia de seguridad, es de la empresa T&T. Espero que haya hecho bien su trabajo, sino habré perdido medio día en vano.

Camino por la calle hacia la izquierda, estoy atenta a cualquier movimiento extraño. Entonces la veo, es una camioneta negra estacionada más adelante. Voy directo hacia ella.

—¿La vieron? —pregunto. Tengo el auricular puesto.

—Sí —escucho a Peter decir—. Ya estamos en posición.

Los veo a Peter y a Alain caminar hacia mí. Nos encontraremos justo a la altura de la camioneta. Ya estoy a un par de pasos, así que meto la mano en mi bolsa y sostengo el arma. Advierto que las puertas que dan a la acera se abren violentamente, entonces del vehículo bajan dos hombres armados y me disparan. Recibo los impactos en el pecho y caigo hacia atrás. No llego a verlos bien, pero me doy cuenta de que vienen hacia mí. Ahora escucho unos ruidos secos. Veo que los dos se sacuden y caen. Detrás de ellos están Alain y Peter, cada uno con una táser en la mano. Veo que el conductor se asoma y le disparo desde el suelo, perforando mi bolsa, que queda humeando. Le doy y cae hacia atrás, pero se recupera e intenta arrancar la camioneta. Es entonces

Peter quien le dispara y el hombre esta vez ya no se mueve. Alain se acerca y me ayuda a levantar. Me sacudo la ropa y me saco el suéter para dejar a la vista el chaleco antibalas con los dos orificios.

—¿Estás bien? —me pregunta Alain.

—Sin un rasguño —respondo. Son sicarios profesionales, contaba con eso. El primer tiro siempre va al pecho para no fallar, luego me iban a rematar con un tiro en la cabeza una vez que estuviera quieta en el suelo.

Llega Junior con otra camioneta y cargamos a los dos hombres aturdidos. Los metemos dentro y Junior arranca. Todo salió como lo planeamos ayer por la noche. Lo decidimos cuando nos reunimos en un piso que consiguió Junior. El nuevo búnker estará disponible recién hoy, Andrew debe encargarse de eso ahora. Estuvimos de acuerdo en que era necesario volver a tomar la iniciativa. Estábamos preparados y por eso salimos airosos del ataque, pero no podemos abusar de nuestra suerte. Planeamos tender esta trampa para capturar a alguno de los sicarios y obtener información. Ahora tenemos dos, algo les sacaremos. Junior encontró una bodega en el Bronx que nos servirá. Hacia allí vamos. Peter y Alain ataron y amordazaron a los dos sicarios, que ya están volviendo en sí.

—Allí es —dice Junior cuando frenamos frente a una persiana cerrada.

Alain baja y levanta la persiana. La camioneta ingresa al lugar y Alain vuelve a cerrar. El sitio está vacío. Solo vemos el coche de Junior estacionado a un costado. Al terminar aquí, abandonaremos la camioneta y nos iremos en el coche.

—Mañana vuelve a estar activo —dice Junior—, pero por hoy el sitio es nuestro.

Una vez estacionados, todos bajamos del vehículo y arrastramos a los hombres, que caen pesadamente al suelo.

Peter les quita la mordaza.

—Es hora de cantar, pichones —le dice mientras patea a uno de ellos en las piernas.

Los dos hombres se miran, pero no dicen nada. Tienen las manos atadas al frente. En un movimiento rápido, uno de ellos se lleva las manos a la boca. El otro va a hacer lo mismo, pero Alain se lo impide.

—Mierda —digo a la vez que me acerco al que se metió algo en la boca. Está empezando a convulsionar—. Otra vez lo mismo. Este ya no nos sirve.

No puede ser que no me haya dado cuenta de que lo harían de nuevo. Ya se me suicidó el anterior que había capturado, ahora tendría que haber estado más atenta. No sé si me estoy poniendo vieja o qué, pero no me concentro como antes. Me enderezo y me acerco al otro. Alain me muestra las pastillas que logró sacarle de las manos.

—A ti no te dejaremos ir tan fácil —le digo al sicario, que me observa desde el suelo—, así que no te hagas ilusiones.

—No entienden, estúpidos —me grita—, el Anillo Negro los matará a todos. A mí también y a mi familia.

—Creo que nos subestimas —le digo con voz calmada—. Ya perdí la cuenta de los muertos que hay en sus filas desde que esto empezó.

El otro sicario en el suelo da un último sacudón y se queda quieto.

—¿Ves? —continúo—. Ahí tienes uno más. Mientras tanto, nosotros seguimos aquí como si nada. Es hora de que te des cuenta de quién está ganando esta guerra. El único problema que tenemos es que estamos aburridos de matar peones y caballos, es momento de atacar al rey. Para eso te necesitamos. ¿Cómo llegamos al Ajedrecista?

—Ustedes están locos —dice el hombre meneando la cabeza—. Nadie puede acercarse al Ajedrecista, y si les dijera algo, hasta el perro de mi madre terminaría en una zanja.

—El que no entiende eres tú —le contesto, agachada, para tenerlo bien cerca—. No importa lo que digas o no, el Ajedrecista irá igual por el perro de tu madre. A no ser claro que nos digas algo que valga la pena. En ese caso, nosotros los protegeríamos.

—No pueden protegernos —dice el tipo, apretando los dientes—. Ellos están en todos lados.

No le digo nada. Miro hacia ambos lados y luego le hablo a los muchachos.

—¿Ustedes ven a alguien? —Ellos hacen la misma mímica de mirar a ambos lados.

—No, a nadie —dice Peter, que luego lo mira a Alain—. ¿Tú ves a alguien?

—No, nadie —responde Alain—. Parece que no hay nadie.

—¿Ves? —vuelvo a hablarle al sicario—. Aquí no hay nadie. Definitivamente, no están en todos lados.

El hombre está un poco desconcertado, no sabe si jugamos o hablamos en serio.

—No lo dudes, podemos protegerte —insisto—. ¿Piensas que somos solo nosotros?

Los demás me miran sin comprender mientras yo hago mi jugada.

—Para ti y tu familia tengo preparado el programa de protección al testigo —miento—. Pero al poco tiempo, cuando no quede nada del Anillo Negro, podrás andar por la calle de lo más tranquilo. Verás, hay gente muy poderosa que se ha cansado del Ajedrecista y su organización.

Le muestro mi pulgar y lo giro hacia abajo.

—El César los ha sentenciado —prosigo—, así que en poco tiempo tu organización será solo un recuerdo.

—¿Quién es ese César? —pregunta el hombre aún más desconcertado que antes.

—Eso no te incumbe —continúo con mi cuento—, solo te diré que el Ajedrecista es una mosca que está molestando al César y nosotros somos el insecticida. El Ajedrecista caerá. ¿Vale la pena que tú y el perro de tu madre también caigan?

El sicario baja la vista y se queda pensando. Parece que está evaluando mi propuesta.

—No sé nada del Ajedrecista —afirma al fin—, pero sé quién es el hombre más cercano a él.

—¿Quién es? —pregunto.

—William Maxwell —responde.

—Eso ya lo sabemos —le digo—. Me tendrás que decir algo más que eso. Si nos pudieras dar algún dato sobre Maxwell… ¿Sabes cómo llegar a él?

—Sí, sí —me contesta—. Hoy es el día perfecto para llegar a Maxwell. Un domingo al mes hace cerrar un burdel solo para él. Es el único momento en que está vulnerable. Luego vuelve a alguna de sus propiedades, que son como un fuerte.

—Bien —digo con una sonrisa—, ahora nos estamos entendiendo. Dime todo lo que sabes. No soy rencorosa, yo te ayudaré.

EL PÁJARO CANTOR

Bushwick, Brooklyn
Domingo, 10 de mayo, 2:40 p. m.

Apenas subimos a la camioneta para alejarnos del depósito, los muchachos me preguntaron qué era eso del César.

—No sé —respondí sonriendo—, improvisé. Nadie le tiene miedo a una chica. Un personaje misterioso y con mucho poder es otra cosa. Cualquiera de estos estúpidos haría lo que sea si el César se lo pide.

Los muchachos se rieron con mi respuesta. Enseguida llamé a Freddy para ponerlo al tanto de todo lo que había sucedido. La idea era que el FBI encuentre al sicario y el tipo cuente todo, era necesario que armen un caso contra el Ajedrecista. Pegarle un tiro en la frente es una opción que conozco muy bien, quizás podamos hacerlo distinto en esta ocasión.

En unos minutos, entramos a Brooklyn y llegamos al barrio de Bushwick, la parte más pobre de la ciudad. El nuevo búnker se halla aquí.

Al llegar, vemos un taller mecánico cerrado.

—¿Está bien la dirección? —pregunta Peter. Es muy distinto a donde estábamos antes.

—Sí —responde Junior—, debería ser aquí.

Justo en ese momento, el portón del taller se abre y aparece Kim dentro del lugar, haciéndonos señas para que entremos. Junior avanza y, una vez dentro, Kim vuelve a cerrar el portón.

—Sé que no es el lugar más cómodo —dice Andrew, que sale por una puerta a recibirnos mientras estamos bajando del vehículo—. Pero es lo más seguro que pude encontrar. Por la información que obtuve del banco, supe que en este barrio no hay seguridad de T&T. Así que no hay ojos indiscretos que nos puedan delatar.

—Bien hecho —le digo. No había pensado en eso, es bueno tener un equipo tan eficiente.

Lo empezamos a seguir. Atravesamos la puerta y pasamos a una habitación vacía. Andrew cierra la puerta con llave detrás de nosotros y escucho ladridos.

—¡Bob! —grito—. ¿Estás ahí?

Escucho más ladridos y rasguños en la puerta que está en el otro extremo. Estos días lo estoy dejando abandonado. Lo veo solo a ratos.

—Ya va, bestia —dice Andrew tratando de calmarlo. Abre la puerta y sale Bob, disparado, en dirección a mí. Me salta encima y casi me tira al suelo.

—Sí, cariño —le digo—. Mamá ya está aquí. Perdóname por estar tan poco contigo.

Me quedo acariciándolo unos segundos y luego sigo a los demás, que ya pasaron a la siguiente habitación. Bob se adelanta, moviendo el rabo. Esto sí ya se parece más a un búnker de Andrew. Escritorio y ordenadores. Si no fuera porque todo está muy sucio, diría que nada cambió demasiado. Lo único es que ya no tenemos sillones, apenas unas sillas, que se ve que son nuevas.

—Perdonen las incomodidades —vuelve a disculparse Andrew—. No tuve tiempo para conseguir más cosas.

—No te preocupes —dice Peter—, bastante hiciste en tan poco tiempo.

—Hice algunas cosas más —agrega—. Según los datos que me dieron, ya sé todo sobre el burdel, tengo planos y lo que sea necesario.

—Parece que el pervertido de William Maxwell tiene un complejo de inferioridad —dice Alain—. Cierra el burdel para él solo y no deja que entre ningún hombre, ni siquiera su seguridad. No querrá que comparen su cosita.

—Eso nos sirve —dice Peter—. Lo tendremos todo para nosotros.

—No será tan fácil —explica Andrew y señala la pantalla de su ordenador. Nos acercamos y vemos el plano del sitio—. El lugar es una fortaleza. No se puede entrar sin ser visto. Para llegar a él, habría que librar una batalla en la calle contra un ejército. Para cuando lleguemos a Maxwell, ya estarían arribando refuerzos.

—Entonces, debemos hacer algo distinto —dice Kim pensativa—. Podríamos esperarlo dentro.

—Imposible —afirma Peter—. La seguridad, obviamente, entrará primero y revisará el sitio antes de que él ingrese. No tenemos dónde escondernos.

—Tal vez tú no puedas esconderte —dice Alain con picardía—. ¿Pero qué hay de Ainara?

—¿Perdón? —pregunto sin comprender.

—Sigues siendo una chica muy atractiva —explica Alain, sonriendo—. Pasarías como una trabajadora más.

—Debe haber otra forma —dice Kim en clara oposición a la propuesta de Alain—. No puede entrar ella sola allí, si la descubre la seguridad, estará en graves problemas.

—Está bien, Kim —le contesto. Sé que no lo dice por la seguridad, no sería la primera vez que debo defenderme a golpes. Lo que no quiere es que me exponga como una prostituta—. Alain tiene razón, es la única forma.

EL BRONX, Nueva York
Domingo, 10 de mayo, 4:30 p. m.

—VAMOS, jefe —dice Freddy.

Esta vez fue él quien llamó a Smith por teléfono. Había estado en la oficina esperando el momento para actuar. Revisaba los informes de la Policía, buscando el del incidente en la Quinta Avenida. Cuando lo encontró, llamó a la Dirección de Tránsito para pedir las grabaciones de video. Por supuesto, la cámara del lugar había sido desactivada. Pero como conocía el trayecto que habían seguido, solo miró la siguiente cámara. Allí estaba la camioneta de Junior. Hubo varios testigos que habían visto la escena, la Policía no lo pudo ocultar. Así que con los testimonios, el muerto en el vehículo, con la bala de Ainara y las cámaras pudo armar un lindo paquete para su jefe. Smith se tragó el anzuelo.

Llegan en el coche de Freddy y bajan frente al depósito. De una camioneta salen otros seis agentes y se ponen en posición. Rodean el lugar.

—Avancen —ordena Smith.

Dos de los agentes levantan de un tirón la persiana y el resto se manda con las armas al frente. Pronto se dan cuenta de que solo hay dos personas en el lugar y la camioneta abandonada. Están atados en el suelo. Los agentes se les acercan.

—Este hombre está muerto, jefe —dice uno de los agentes luego de revisarle los signos vitales.

Freddy se arrima y también lo examina.

—No tiene heridas —afirma Freddy mientras le sostiene la cara para que su jefe vea la espuma en su boca —, fue envenenado.

—Esto es nuevo —dice Smith mientras camina hacia el otro hombre—. ¿Desde cuándo la señorita Pons envenena gente? Cuéntanos qué pasó aquí.

El hombre mira hacia otro lado y no dice nada.

—Te refrescaré la memoria —dice Smith parándose frente al sicario, otros dos agentes lo han levantado y lo sostienen de cada brazo—. Quisieron matar a la señorita Pons, pero ella los atrapó a ustedes. Los trajo aquí, los torturó, tu amigo murió y tú cantaste como un pájaro.

El hombre sigue mirando para otro lado.

—Es mejor que hables —prosigue Smith—, hay testigos que vieron todo lo que pasó en la Quinta Avenida. Si cooperas, saldrás más rápido.

—Es inútil, jefe —dice Freddy mientras se acerca y aparta a uno de los agentes para agarrar al sicario—. No dirá nada aquí, démosle tiempo para pensar. En la oficina hablará.

Freddy se lo lleva hacia la camioneta. El agente Smith los ve salir y luego comienza a dar instrucciones para realizar pericias en el lugar y la camioneta. Cuando cruzan la puerta de entrada, Freddy le habla al oído.

—Cuando lleguemos a la oficina, contarás todo. Te lo ordena el César. —El hombre manifiesta por primera vez una emoción, sorpresa—. Te ofreceré el programa de protección de testigos para ti y para quien quieras, incluso para el perro de tu madre. Si lo haces bien, el César te bendecirá.

35

EL PRIVADO

ALGÚN LUGAR de Manhattan
  Domingo, 10 de mayo, 10:00 p. m.

Los HOMBRES de Maxwell entran al burdel. Revisan cada rincón con detenimiento, están acostumbrados a hacerlo. Yo uso una peluca rubia y lentes rojos. Solo llevo puesto un sostén de encaje negro. Los muchachos se rieron al verme, ya me cobraría esta broma. Fue Alain quien insistió en que me vistiera así. Él conocía a la dueña del burdel y arregló todo. Cincuenta mil dólares para ella y diez mil para cada una de las nueve chicas que estarían aquí esta noche, solo debían mantener la boca cerrada y tratarme como una más. Aparte de un pantalón de cuero negro, traigo una faja ancha en la cintura, anudada a un lado para esconder mi arma. La Magnum era muy grande, así que traje una pequeña Beretta guardada bajo la faja. Uno de los hombres de Maxwell me mira y se acerca.

—Eres nueva —dice y me roza el busto con el dorso de la mano. Contengo las ganas de romperle la muñeca y sonrío, tal vez tenga oportunidad de hacerlo más adelante—, al jefe le gustarás.

El hombre sigue su camino y me relajo. Ya pasé la inspección, ahora tengo que llegar a Maxwell.

—Me la pagarán por esto —digo en un susurro. El equipo escucha lo que sucede porque traigo puesto mi auricular. Excepto Kim y Andrew, están todos afuera por si llega a suceder algo. Incluso Freddy vino esta vez, necesitamos «poder de fuego».

Cuando sale el último de los guardias, ingresa William Maxwell. Es un hombre delgado y pequeño de unos cincuenta años. Usa lentes con mucho aumento y, si no fuera por su traje caro, cualquiera diría que es un oficinista, tal vez un contador. De inmediato, las chicas salen corriendo hacia él y yo las imito.

—Papi, papi… —gritan todas como suplicando su atención. Es denigrante, me niego a hacerlo.

—Mis niñas —responde él—. Hay papi para todas.

Dudo que pueda con más de una, pero debo seguir el juego. El tipo apesta.

Las chicas le besan las manos. Yo me quedo a un costado, no puedo hacer eso. Maxwell me mira.

—¿Tú no vienes, mi niña? —me dice— ¿Eres tímida?

—Sí, papi —respondo poniendo voz de nena avergonzada—, soy muy tímida. Es mi primera vez y no puedo en público. ¿Me enseñarías en privado, papi?

—¿Ustedes qué dicen, niñas? —les pregunta a las demás, que siguen besándole brazos y piernas, arrodilladas.

—No, papi, no nos dejes —responden algunas.

—Es una golosa, te quiere para ella sola —dice otra.

—Te exprimirá y no dejará nada para nosotras —dice una tercera.

—Con que exprimirme —afirma, mirándome, y noto que se relame, es asqueroso—. No se preocupen, niñas, tengo para todas, vuelvo enseguida.

Maxwell se acerca y me aferro de su brazo, apoyando mis senos contra él.

—Enséñame, papi —le digo y lo guío hacia una habitación. Una vez allí, lo arrojo sobre la cama. Opuso un poco de resistencia, pero es un hombre débil, no tiene oportunidad contra mí.

—Así no, mi niña —dice tratando de incorporarse—, yo soy el que manda.

—Sí, papi —le digo, pero no le hago caso y me voy encima de él sin darle tiempo a que reaccione—. Solo déjame hacer algo primero.

Entonces, saco mi arma de la cintura y se la meto con brusquedad en la boca; creo que le astillé un diente. El hombre, sorprendido, intenta zafarse, pero le meto más el arma, que le llega hasta la garganta.

—No te muevas —le digo ya con otro tono en mi voz—. Ni siquiera necesito apretar el gatillo para terminar contigo. Con presionar el arma un poco más será suficiente para matarte. Así que no hagas nada estúpido y escucha.

Maxwell abre grandes los ojos, al fin me ha reconocido.

—Esta es tu oportunidad —le digo, apretando el arma hasta producirle arcadas—, estoy cansada del Ajedrecista. ¿Qué te parece si terminamos con él, tú tomas su lugar y me dejan en paz?

Lo miro un instante y hago un poco más de presión con la Beretta. Luego la saco lentamente y, cuando está afuera, la limpio en su traje, tenía un poco de sangre.

—Estás loca —me dice haciéndose el agresivo—, nunca saldrás de aquí con vida…

Le vuelvo a meter el arma en la boca y aprieto. Estoy sobre él. Intenta mover los brazos, no sé qué pretende, porque basta que les ponga las rodillas encima para que no se pueda mover más.

—Ahora piensa un poco antes de volver a hablar —le digo muy tranquila—. ¿Quién crees que tiene más posibilidades de morir primero? Solo mira a tu alrededor y te darás cuenta.

Cuando veo que se calma, vuelvo a sacar el arma. Se queda callado, supongo que comprendió que no me puede amedrentar.

—Lo que pides es imposible —dice cambiando su estrategia, ahora trata de persuadirme—. No se puede traicionar al Ajedrecista, él está siempre diez jugadas adelante. Descubriría todo y nos mataría a los dos…

Le vuelvo a meter el arma en la boca.

—Para tener un puesto tan importante en el Anillo Negro, eres bastante estúpido —le digo—. Aún no te has dado cuenta de que la única forma de que llegues vivo a mañana es que hagas lo que te digo. Sobreestimas al

Ajedrecista y me subestimas a mí. Ya han muerto una treintena de sus hombres y mi equipo sigue sin un rasguño, tiene un ejército detrás de mí y ni siquiera se ha acercado. Hay una pistola en la boca de su número dos y él debe estar durmiendo muy tranquilo. En cuanto dé la señal, tu gente allí afuera será aniquilada, no sería la primera vez que hacemos algo así, y lo sabes. ¿En serio crees que el Ajedrecista está diez jugadas adelante?

Le quito la pistola otra vez de la boca y le hago un gesto para que hable.

—¿Qué pretendes? —me pregunta.

—Ahora nos entendemos —le digo—. Solo debes decirme en qué momento estará más vulnerable. Yo aparezco, me encargo de Victor Kozlov y tú te conviertes en el nuevo líder del Anillo Negro. Es simple.

El hombre me mira asombrado. Que yo conozca el nombre del Ajedrecista era algo que no esperaba. Está comprendiendo que soy más peligrosa de lo que se imaginaba.

—Aunque acabaras con el Ajedrecista —dice y por primera vez advierto que lo está pensando seriamente—, el Camaleón seguirá tras de ti, él es quien en principio inició esto. Le encargará matarte a alguien más.

—Lo del Camaleón lo resolveré después —le digo—. A cada rama del Anillo que venga en mi contra le pasará lo mismo, terminaré con su líder y pondré a alguien más en su lugar que comprenda que conmigo no se juega. ¿Tú comprendes eso o debo buscar a otro?

—Comprendo —dice al sentir que le apoyo el arma en los labios. Entonces la levanto. Creo que estamos llegando a algo.

—Dime cómo hacemos —le digo—. Tú eres la persona más cercana a él y quiero acabar con esto ya mismo, si me propones esperar, buscaré a otro que tenga los huevos para hacerlo.

Le vuelvo a acercar el arma a la boca y él reacciona.

—Está bien, está bien —me dice resignado—. Te ayudaré, pero luego me dejarás en paz.

—Si no te metes conmigo…

—Está bien —repite—. Mañana es tu oportunidad. Hay planeada una reunión entre el Ajedrecista y el líder del Anillo Rojo en una de mis empresas. Yo soy el encargado de la seguridad. Entras, acabas con él, me tomas a mí de rehén para que el hombre del Anillo Rojo vea que yo no tengo nada que ver y te vas. Luego no quiero saber nada de ti. A fin de cuentas, el Ajedrecista me tiene harto y al Camaleón también, estará contento de que ocupe su puesto.

—Bien —contesto. Ya lo tenemos—. Dame toda la información.

JAQUE A LA DAMA

WALLACE STREET, Manhattan
Lunes, 11 de mayo, 4:00 p. m.

—ANDREW —digo por el intercomunicador que está en mi auricular.

—Todo en orden, Ainara —responde desde el búnker—. Por las cámaras no se ven movimientos extraños y los códigos de seguridad que te dio Maxwell funcionan a la perfección.

—Kim.

—Sí, Ainara —escucho decir a Kim también a través de mi auricular—. Mi parte ya está hecha. Si no pasa nada raro, será todo simultáneo.

—Bien —respondo—. ¿Sabes algo de Freddy?

—Me acaba de escribir —contesta Kim—. Está todo listo, en cuanto empiece el *show*, el FBI no tendrá más posibilidad que actuar.

—Perfecto —afirmo—. Es nuestro turno entonces.

Miro a Peter y él me devuelve la mirada con una sonrisa.

—Como en los viejos tiempos —me dice y ahora soy yo quien sonríe. Más de una vez estuvimos juntos esperando el momento de entrar en acción. Era lo que hacíamos, atrapar a los malos. Éramos muy buenos en ello, el mejor equipo del FBI. Esto es exactamente lo mismo, pero sin placa. Muchos recuerdos me vienen a la mente y estoy segura de que a Peter también. La vida nos separó, la vida nos volvió a unir, esperemos que nos quede tiempo para disfrutarla. Pero no apostaría a ello en este momento, no sé cuánto podemos confiar en Maxwell. Hasta ahora ha cumplido, veremos cuando estemos adentro.

Estamos con Alain y Junior en un bar a una calle del edificio de Maxwell. Entraremos por una puerta trasera que utiliza el servicio de limpieza. Junior se quedará allí y hará guardia mientras nosotros ingresamos al lugar. Maxwell nos indicó cómo acceder al quinto piso, donde se lleva a cabo la reunión. Si el hombre cumple con su palabra, no habrá problemas. Esperemos que así sea.

—Vamos —dice con apuro Alain, sacándome de mis pensamientos. Hoy Andrew consiguió una foto de Kozlov, por lo que ya sabemos cómo es, y no cometeremos errores.

Salimos del bar y caminamos los cuatro hacia el edificio. La parte trasera está tranquila, solo hay un guardia de seguridad. Junior se aleja y sigue caminando, el resto nos detenemos frente a la casilla. Le mostramos la credencial falsa que nos hizo esta mañana Andrew, con los datos que nos dio Maxwell, y entramos. Tengo el cabello recogido y lentes oscuros, no creo que me reconozca. Atravesamos primero el área de lavandería, donde hay un par de personas trabajando que no se molestan en mirarnos. Luego pasamos a un corredor común, a un costado del vestíbulo. Rápidamente abrimos la puerta de la escalera y entramos. No creo que nos hayan visto, y si así fuera, tampoco hubiéramos llamado demasiado la atención, solo éramos tres personas caminando.

No hay nadie, así que empezamos a subir. Cuando estamos en el primer piso, la puerta que da al corredor se abre y entra un hombre con un café en la mano. Nos mira y lo miramos. Tiene el logo de T&T en la chaqueta. Vuelve a mirarme y suelta el café. Va a sacar un arma, pero Peter le asesta un puñetazo. El hombre da contra la pared y Peter no le da posibilidad de reacción, le cae encima y le da uno, dos, tres puñetazos más en el rostro. Creo que el último no era necesario, el hombre ya estaba inconsciente dos golpes atrás.

—¿No era que no había guardias hasta el cuarto piso? —pregunta Alain en voz baja mientras arrastra al hombre lejos de la puerta y fuera de la visión de cualquiera que pudiera asomarse desde arriba. Saca un precinto de sus ropas y lo ata.

—Silencio —pido susurrando—. El hombre quiso tomar un café a solas, nada más. No hay de qué preocuparnos.

Nos quedamos quietos unos instantes, esperando que nadie nos hubiera escuchado. Maxwell dijo que podría haber un guardia en la escalera a la altura del cuarto piso. Al ver que no hay movimientos, seguimos subiendo un piso más. Antes de seguir hacia el cuarto, Alain nos hace señas de que irá él primero. Nos quedamos esperando y lo escuchamos hablar.

—¿Sabes dónde es la reunión? —se oye preguntar a Alain.

—¿De qué hablas? —dice alguien—. ¿Quién eres?

—La reunión —repite Alain—. La del planeta de los sueños.

Se escuchan ruidos, golpes y subimos con Peter. Cuando llegamos, vemos a otro guardia en el suelo y a Alain atándole las manos y los pies a la espalda.

—Hablas más que tu padre —dice Peter—, pero eres igual de efectivo.

—Gracias —contesta Alain sonriendo.

—No es momento de cumplidos —digo, concentrándome en lo que sigue— ¿Qué ves, Andrew?

—Corredor vacío —responde Andrew, que monitorea el lugar por las cámaras del edificio—. Dos guardias en la sala.

Abro la puerta que da al corredor y nos preparamos. Debemos pasar por el cuarto de seguridad. Como dijo Andrew, habrá dos personas.

—¿Cómo lo hacemos? —pregunta Alain cuando estamos frente a la puerta.

—Solo lo hacemos —respondo y abro la puerta sin esperar confirmación. Entramos los tres de golpe y nos lanzamos a la mesa donde están sentados los dos guardias. Intentan sacar sus armas, pero no les damos tiempo. Con una patada lateral en la cabeza, tumbo a uno de su silla. Peter le da una patada frontal en el pecho a otro. Alain le saca el arma al que tiré yo y lo noquea con un puñetazo en la nariz. El otro forcejea con Peter, así que me acerco y le doy un culatazo con mi Magnum en la sien que lo deja fuera de combate.

Alain saca más precintos y los amarra uno contra el otro a un mueble.

—Bien, ahora viene la parte difícil —digo y me acerco a la ventana. Veo la escalera de incendios.

—Es por aquí —continúo y abro la ventana—. ¿Andrew?

—La sala está vacía —me responde—. Los tres guardias están en el corredor junto a la puerta de la reunión. Tal cual lo aseguró Maxwell.

Subo yo primero y me asomo al cuarto de arriba. Como me prometió Maxwell y confirmó Andrew, no hay nadie allí. Nos dijo que desplegaría a sus hombres por el pasillo para dejarnos esta habitación libre. Alain pasa delante de mí y con una herramienta de punta de diamante corta el vidrio. Lo retira, mete la mano y abre la ventana. Entramos los tres.

—Ya estamos —digo y los observo. Luego miro la puerta que está a un costado, da a la sala de reunión.

—No tengo cámara en esa sala —dice Andrew—. Enciende la tuya, Ainara, así veo lo que sucede.

Enciendo una pequeña cámara que llevo oculta en la solapa de mi chaqueta. Sacamos nuestras armas y nos acercamos. Aproximo el oído a la puerta y escucho voces.

—Están ahí —digo en voz baja. Los miro una última vez y ellos asienten con la cabeza. Si lo hacemos bien, mañana dormiremos tranquilos.

Abro la puerta y arremetemos. Hay tres hombres sentados. Yo me lanzo a Kozlov, Peter a Maxwell y Alain al tercer hombre, que debía ser el líder del Anillo Rojo. Les apuntamos a la cabeza y ellos no se mueven. Maxwell se hace el sorprendido.

—¡Qué diablos! —exclama el del Anillo Rojo. Kozlov no se inmuta.

—Por fin nos vemos frente a frente, señorita Pons —dice el Ajedrecista con toda tranquilidad—. Esperaba no llegar a esto, pero si tiene que ser así…

—Claro que no lo esperabas —le replico—, los de tu clase nunca se ensucian las manos.

—Es verdad —dice Kozlov—, no me gusta ensuciarme, para eso hay otra gente.

—Ya no más, Kozlov —le aseguro—, esto se termina aquí.

—Tienes razón —dice aún sin inmutarse—, se termina aquí. Si bajas el arma, dejaré que tus amigos se vayan. No tengo nada en contra de ellos.

—No estás en condiciones de ofrecer nada —le contesto.

—Ya basta de charla —dice el hombre del Anillo Rojo poniéndose de pie. Alain da un paso atrás y lo sigue apuntando—. Entren de una vez.

De repente, la puerta principal se abre y entra una docena de hombres armados. Los miro a los muchachos sin entender. Todos nos apuntan y nos cubrimos detrás de nuestros hombres.

—No había cámara en esa sala tampoco —se disculpa Andrew por el auricular, desesperado. Él está viendo todo por la cámara que llevo conmigo y está tan sorprendido como nosotros—, no los vi venir.

—No seas estúpida, Pons —me dice Kozlov mientras

225

lo sostengo con un brazo y le apunto la Magnum a la cabeza—. Tienes la oportunidad de salvar a tus amigos. A ti, claro, no puedo dejarte ir, pero ellos. Ni siquiera deben bajar sus armas, solo que se vayan.

Los miro a los muchachos y pienso que tal vez sea la única opción. Mi vida por la de ellos, es mejor eso a que estemos los tres muertos. Ellos entienden lo que estoy pensando y me dicen que no con la cabeza.

—¿En verdad creíste que podrías hacer esto? —pregunta el Ajedrecista—. Escucha.

Saca su móvil y presiona el botón de *play*, reconozco la voz: «A fin de cuentas, el Ajedrecista me tiene harto y al Camaleón también, estará contento de que ocupe su puesto».

Es la conversación que tuve con Maxwell en el burdel.

—Al menos en algo tenías razón, William —dice Kozlov—, siempre estoy diez jugadas adelante. Ese burdel está lleno de mis micrófonos. Siempre pensé que eras un estúpido, pero no imaginé qué tanto. Ya no me sirves.

Suena un estruendo y veo a Maxwell contorsionarse en los brazos de Peter. Hay sangre en su pecho. Peter lo suelta y el hombre cae pesado al suelo. Mi compañero se me queda mirando sin saber a dónde apuntar. Al final, baja el arma porque entiende que no tiene sentido. Podría matar a tres o cuatro con su ametralladora antes de caer, pero con eso no alcanza. Lo miro a Alain y él hace lo mismo, baja su arma. Ninguno la suelta, pero apuntan hacia abajo, es un modo de relajar la tensión. Yo también suelto al Ajedrecista. Debo velar por la vida de mis amigos. Al menos, tengo que estirar esto lo más posible. Solo así tendremos una posibilidad.

—Bueno, Pons —dice Kozlov—. Como la seguridad estaba a cargo de Maxwell y no quería levantar sospechas, tuve que pedirle ayuda a mi amigo del Anillo Rojo. Sus mercenarios son muy eficientes. ¿Mueren los tres o solo tú?

No digo nada. Miro a mis amigos, ellos vuelven a negar con la cabeza. De todos modos, no hay ninguna certeza de que los dejen salir con vida. Tal vez sea el momento de empezar a los tiros y ver qué pasa. Aprieto mi arma y veo que Peter y Alain hacen lo mismo. Llegó el momento.

—Qué diablos —dice el Ajedrecista—, acaben con to...

Kozlov no termina de dar la orden de matarnos porque entra un hombre apurado y va a hablar con el líder del Anillo Rojo. Le dice algo al oído y luego le muestra el móvil. El hombre mira unos segundos y sonríe. Entonces, escucho la voz de Junior en el auricular.

—La prensa ya está aquí —me dice.

—¿Qué sucede? —pregunta el Ajedrecista.

—Mira —dice el otro jefe y gira el teléfono—, eres muy fotogénico.

—¿Qué es eso? —pregunta Kozlov y se acerca a ver el móvil, donde aparecía una foto suya.

—Eres tú en el noticiero. Me acaban de contar que han hecho un interesante reportaje sobre el Ajedrecista y el Anillo Negro. Están transmitiendo en directo desde la puerta del edificio.

—¿Qué? —pregunta Kozlov, que empieza a perder la

compostura y se arrima a la ventana a mirar hacia abajo

— ¡Mierda!

Da un paso atrás para alejarse del cristal, no quiere que las cámaras lo enfoquen. Otro de los hombres se le acerca al jefe.

—Señor —dice—, el FBI está en camino. Mis informantes me avisan que estaban preparando un caso contra Kozlov en secreto, pero el reportaje de Katy Ross en la televisión aceleró todo. Lo vienen a arrestar.

—Okey —dice el jefe y sonríe. Me mira y luego lo ve al Ajedrecista—, debemos irnos. Victor, estás por tu cuenta.

—Espera —dice Kozlov totalmente fuera de control —, ¡mátala, mátala!

—Ella no es mi problema —dice el líder del Anillo Rojo mientras se marcha. Entonces, se detiene y gira a verme de nuevo—. Fue un gusto conocerla, señorita Pons, es más astuta de lo que imaginaba. Espero no volver a verla, pero si sucede, recuerde que le perdoné la vida.

El hombre sonríe otra vez como si recordara una broma y se marcha con su pequeño ejército. Otra vez los tres levantamos nuestras armas y apuntamos a Kozlov. Caminamos hacia él mientras retrocede.

—Les daré lo que quieran —dice Kozlov tratando de sobornarnos—. Las monedas que me quitaron no son nada. Les puedo dar diez, cien millones.

—No entiendes nada, Kozlov —le digo sin dejar de apuntarle.

No se atreve a decir ni hacer nada más. Sabe que ha perdido.

EPÍLOGO

Hotel Waldorf Astoria, Manhattan
Miércoles, 13 de mayo, 7:00 p. m.

Estamos en un hotel de lujo. Es una enorme habitación que rentó Kim. Tenemos una deliciosa cena frente a nosotros y una botella de champán.

—¿No será mucho? —pregunta Junior, observando el banquete que nos estamos por dar.

—Nada de eso —responde Kim, contenta—. Debemos festejar y tenemos los medios para hacerlo. Aunque sea esta noche, disfrutemos de nuestro éxito.

Kim tiene razón, es hora de festejar. No sabemos lo que pasará mañana, pero hoy podemos relajarnos. Ayer pasamos todo el día encerrados en el búnker, queríamos estar seguros de que todo había terminado. Apenas pudimos salir del edificio de Maxwell sin ser descubiertos. Con la calle llena de reporteros y policías, fue un milagro que nadie nos detuviera. Las noticias pusieron a Kozlov tras las rejas. Habrá que ver luego lo que negocian sus abogados, pero la opinión pública ya lo condenó. La cámara que llevaba conmigo fue el broche de oro para la entrevista. El video se transmitió entero ayer por la noche en un programa especial de Katy Ross. Se vio con claridad cuando Kozlov le dijo a Maxwell que ya no le servía y lo mataron. Andrew pixeló los rostros de Alain y Peter, y sacó el sonido en las partes que se mencionaba mi nombre. Así que nadie puede reconocernos. El FBI confirmó todo lo que apareció en la entrevista. La evasión de impuestos, el lavado de dinero, el espionaje, los matones a sueldo y la complicidad de la Policía. El detalle de Kozlov amarrado al cadáver de Maxwell, creo que fue un poco de mal gusto. Pero Alain tiene un humor muy especial y no me opuse cuando comenzó a usar sus precintos.

—La entrevista de Ross hablaba solo del Anillo Negro —dice Freddy—, pero no decía nada del Anillo.

—Si hubiera dicho algo del Anillo —le explico a Freddy lo mismo que Kim le dijo a la periodista—, la entrevista nunca hubiera salido a la luz. Lo que entendí de las cosas que me dijo Maxwell es que el Camaleón creía que el Ajedrecista se estaba convirtiendo en una amenaza para él. Así que fue por eso que nadie se interpuso y salió la entrevista. Tuvo su visto bueno.

—¿Dices que el Camaleón le bajó el dedo a Kozlov? —pregunta Peter—. ¿Que todo fue una trampa para el Ajedrecista?

—No estoy segura —respondo—, pero en un enfrentamiento entre nosotros y el Ajedrecista, sin importar el resultado, el Camaleón saldría ganando. Al final, eliminó a la competencia.

—Haces que nuestro triunfo suene como una farsa —dice Andrew, frustrado.

—No, no es eso —aclaro—. Nos fue bien, sacamos a una enorme organización delictiva del juego, ganamos un buen dinero, le mostramos al Anillo que no puede jugar con nosotros, y tenemos un tiempo de tranquilidad.

—¿Por qué crees que tendremos tranquilidad? —pregunta Kim—. El Camaleón es quien te quiere muerta, ¿por qué se detendría?

—El Anillo Negro lavaba el dinero de toda la organización —explico mientras extiendo la mano para agarrar una copa de langostinos. Alain ya está comiendo desde hace rato—. Por más que esto le haya servido al Camaleón, ahora deben estar quemando muchos documentos. Les llevará un tiempo cubrir todas sus huellas y distanciarse del Ajedrecista. De hecho, la bolsa se desplomó al saberse que el Alfil Negro estaba sucio. Por ahora prefieren el mar calmo, no querrán hacer más olas. Hacernos la guerra llama mucho la atención y los deja expuestos. Aprendieron que no pueden manejar a toda la prensa, no querrán repetir ese error.

—¿Crees que en algún momento volverán tras nosotros? —pregunta Junior cuando termina de masticar algo.

Me alzo de hombros.

—No sé lo que pasa por la cabeza de esta gente —prosigo—. A no ser que se lo tomen como algo personal, imagino que preferirán evitarnos.

—Sería bueno que nosotros también los evitemos —

dice Freddy—. Con el dinero que hemos obtenido, podemos darnos el lujo de elegir mejor nuestros casos y alejarnos del Anillo. Por otro lado, Smith ganó muchos puntos con este operativo, tal vez también se calme con respecto a ti. De hecho, creo que está entendiendo que jugamos para el mismo bando, pero es muy duro, le costará aceptarlo. «Justiciera misteriosa».

Todos ríen al escuchar a Freddy. Así fue como me bautizó Katy Ross en su programa. Dijo algo así como que la justiciera misteriosa había logrado más que la Policía. Si bien siempre buscamos el anonimato, un poco de buena prensa no nos vendrá mal. No es que podamos vendernos de esa manera, pero el FBI y la Policía no tendrán tanta prisa en atraparnos si no nos consideran un peligro.

—¿Qué haremos ahora? —pregunta Peter y lo miro. Respondo casi sin pensar.

—Tal vez retirarnos.

FIN

Ainara regresa en la novena novela de la serie: *Sendas de redención*. Obtenla aquí:
https://geni.us/SendasDeRedencion

Puedes encontrar todas las novelas de la serie de Ainara Pons aquí:
https://geni.us/SerieAinaraPons

NOTAS DEL AUTOR

Espero hayas disfrutado la lectura de esta novela.

Si te gustó mi obra, por favor déjame una opinión en Amazon. Las críticas amables son buenas para los autores y los lectores... y un estudio reciente (realizado por mi persona) también indica que escribir una opinión positiva es bueno para el alma 😊

¿Sabías que ahora también puedes disfrutar de mis historias en audiolibros? Te invito a gozar de esta experiencia con mi relato *Los desaparecidos*. Escúchalo **gratis** aquí:
https://soundcloud.com/raulgarbantes/losdesaparecidos

Finalmente, si deseas contactarte conmigo puedes escribirme directamente a raul@raulgarbantes.com.

Mis mejores deseos,
Raúl Garbantes

amazon.com/author/raulgarbantes

goodreads.com/raulgarbantes

instagram.com/raulgarbantes

facebook.com/autorraulgarbantes

x.com/rgarbantes

www.ingramcontent.com/pod-product-compliance
Lightning Source LLC
Chambersburg PA
CBHW030138180626
46812CB00002B/740